가득한 봄빛
오주영 친필

하북팽가 검술천재 10

2022년 12월 16일 초판 1쇄 인쇄
2022년 12월 21일 초판 1쇄 발행

지은이 이도훈
발행인 김정수 강준규

기획 이기헌 왕소현 박경무 강민구 조익현
책임편집 주현진
마케팅지원 이원선

발행처 (주)로크미디어
출판등록 2003년 3월 24일
주소 서울시 마포구 마포대로 45 일진빌딩 6층
Tel (02)3273-5135　**Fax** (02)3273-5134
홈페이지 rokmedia.com　**E-mail** rokmedia@empas.com

ⓒ 이도훈, 2022

값 9,000원

ISBN 979-11-354-8040-9 (10권)
ISBN 979-11-354-7650-1 04810 (세트)

이도훈 신무협 장편소설

⑩

하북팽가
검술천재

차례

물과 기름 (2)

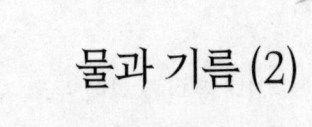

같은 시각, 석화교 위.

석화교 위를 지나가려던 사람들은 발길을 멈췄다.

석화교 가운데에 펄럭이는 깃발 때문이었다.

깃발의 가운데에는 당(唐) 자가 굵게 적혀 있었다.

그 위아래는 작은 글씨로 사천(四川)이라는 글자가 적혀 있었다.

양옆으로는 뱀이 마주 보고 있었다.

이것은 사천당가의 상징이었다.

사천이란 글자를 당이란 글자 아래에 두었다는 것은 무엇을 뜻할까?

그것은 자신들이 사천에서 군림하고 있다는 자신감이었다.

수많은 무림세가와 거대 문파를 앞에 두고 자신이 지역의 지배자라 공표할 수 있는 문파가 얼마나 될까?

중원을 통틀어 사천당가밖에 없을 것이다.

하지만, 사실 사천당가의 이런 진취적인 기상을 인정하는 강호인들은 없다.

오히려 사천당가의 성격 때문인지, 일반 백성도 대부분 그들을 피한다.

지금 석화교에서 마을 사람들이 사천당가의 행렬을 피해 가는 상황은 어찌 보면 당연했다.

동생인 듯 보이는 아이의 손을 잡고 석화교를 건너려던 소녀가 발을 멈췄다.

걸음을 멈춘 누이의 모습에 아이가 물었다.

"왜 갑자기 멈춰요, 향이 누나?"

"아무래도 돌아가야겠다, 정아."

"왜 돌아가요?"

"그냥 돌아가는 것이 좋을 것 같아서 그래. 어서 가자."

"난 저기 건너갈래요. 저기에 당과 파는 아저씨가 있잖아요. 오늘 사 주기로 했잖아요."

"다리 건너편 말고 다른 데서 사 줄게."

향이라 불리는 누이는 동생의 소매를 잡았다.

동생 정이는 다리만 건너면 맛있는 당과가 있는데 길을 돌

아가는 것이 이해가 안 되었다.

나이 차가 꽤 나는 두 남매의 실랑이가 계속되었다.

급기야 동생 정이는 울먹이기 시작했다.

울먹이는 아이 앞에 길 가던 거지 하나가 멈췄다.

"허허, 누나 말을 잘 들어야지."

누군가 갑자기 끼어들자 정이는 고개를 갸웃했다.

하지만, 상대가 거지라는 것을 알고는 재빨리 입을 열었다.

"거지 아저씨가 무슨 상관이에요?"

정이는 기분 나쁘다는 표정으로 거지를 바라봤다.

그 모습에 거지가 아무렇지 않게 답했다.

"허, 이거 참. 잘 생각해 봐라, 똥통에 머리를 들이밀 필요는 없지 않느냐?"

"……."

정이는 거지가 하는 말이 무슨 뜻인지 알 수 없었다.

수수께끼를 풀겠다는 듯 눈을 껌뻑이는 정이.

거지는 그럴 줄 알았다는 듯 고개를 끄덕이며 말을 이었다.

"저기 무사들 보이지? 그리고 저 깃발도 보이고?"

"네, 보여요."

정이는 수수께끼 같은 거지의 말에 빠져든 듯 눈을 빛냈다.

"저게 바로 진짜 골통, 아니 똥통이란다."

"똥통이요?"

아이는 눈을 크게 떴다.

수수께끼의 정답을 얻어 냈지만, 더 큰 의문이 떠올랐기 때문이다.

거지가 말을 이었다.

"그래, 사람들은 똥을 피하는 이유가 과연 뭘까?"

"더러워서 피하죠."

정이는 거지와의 대화에 빠져든 듯, 말을 마친 후 마른침을 삼켰다.

거지와의 대화는 마치 스무고개 같았다.

그 모습에 거지가 만족한 듯 말을 이었다.

"그래, 보통은 더러워서 피하지. 그런데 무서워서 피하는 똥도 가끔 있단다. 저놈들처럼 말이야."

"똥이 왜 무서워요?"

"똥독이 얼마나 무서운지 모르는구나."

거지는 씩 웃으며 하얀 이를 드러냈다.

정이는 한 걸음 물러났다.

며칠은 안 씻은 듯한 얼굴에, 수염에는 밥풀까지 묻어 있는 전형적인 거지였다.

그가 드러낸 하얀 이는 마치 캄캄한 동굴에서 튀어나온 맹수처럼 보였다.

물론 열 살도 안 된 정이의 착각이었다.

정이가 떨리는 목소리로 말했다.

"거, 거지 아저씨가 더 무서워요, 누나!"

정이는 고개를 힐끔 돌리고는 누이를 불렀다.

향이는 안절부절못하더니 동생을 끌어안았다.

"정이야, 일단 여기서 벗어나자꾸나."

"아니, 거지 아저씨가 더 무서……."

정이는 거지가 있던 곳을 가리켰다.

그것도 잠시, 정이는 고개를 갸웃하며 눈을 가늘게 떴다.

방금까지 대화를 나누던 무서운 표정을 한 거지 아저씨는 이미 사라진 후였다.

진짜 눈 깜빡할 사이였다.

정이는 눈을 비볐다. 자신이 착각한 것은 아닌지 하는 생각 때문이었다.

정이는 콧등을 씰룩였다.

아직도 거지가 남겨 놓은 냄새는 남아 있었다.

절대 착각은 아니었다.

그 찰나에 특유의 악취만 남겨 놓은 채 거지가 사라진 것이다.

정이가 입을 벌리고 있자, 누이인 향이가 말했다.

"저 거지는 무림인이야, 정이야."

"무림인이요?"

"그리고 저기 다리 위에 있는 사람도 무림인들이고."

향이의 말에 정이는 고개를 갸웃하며 물었다.

"무림인이면 막 사라지고 그러는 거예요?"

"사라지는 건 아니고 눈에 보이지 않을 만큼 빨리 움직이지. 저기 봐."

향이가 가리킨 곳은 강 건너.

그곳에는 방금까지 대화를 나누던 거지가 팔짱을 끼고 있었다.

한참을 보던 정이가 고개를 갸웃했다.

"누나, 조호 형아도 무림인이라고 했잖아요."

"아, 그건 그렇지……."

"그럼 조호 형아도 저런 거 할 수 있어요?"

"음, 그건 나도 모르겠는데……."

향이는 말끝을 흐렸다.

요즘 만나고 있는 천수장의 조호를 떠올린 것이다.

향이는 다름 아닌 한빈이 연서(戀書)를 대필(代筆)해 줘서 맺어 준 조호의 인연이었다.

향이는 조호와 강 건너의 거지를 머릿속으로 비교해 봤다.

그것도 잠시, 그녀는 고개를 흔들었다.

입에 풀칠을 하려고 칼을 든 무사와 저런 고수를 비교할 수 없었다.

그때였다.

저쪽에서 거지가 손을 흔든다.

향이는 재빨리 동생 정이의 소매를 잡아끌고 자리를 벗어났다.

조호가 한 말이 기억났기 때문이었다.

무림인을 보면 절대 상대하지 말란 충고였다.

뭐, 조호에게만 들었던 말은 아니었다.

사람들이 석화교를 피해 가는 이유는 있었다.

사천당가 사람과는 옷깃만 스쳐도 중독된다는 속담 때문이다.

강호의 속담이 아니라, 마을에서 흔히 도는 낭설이다.

그만큼 사천당가는 일반 백성들에게는 공포의 대상이었다.

언제 튀어나올지 모르는 암기와 옷깃만 스쳐도 상대를 중독시킬 수 있는 독술(毒術)은 태산을 가르는 고수의 검보다도 무서울 수밖에 없었다.

그도 그럴 것이, 사람이란 보이는 것보다 보이지 않은 대상에 대해 더욱 공포를 느끼곤 한다.

게다가 저렇게 당문의 깃발을 치켜들고 있다는 것은 다가오지 말라는 선전포고와도 같았다.

❧

향이에게 손을 흔든 거지는 헛웃음을 뱉었다.

"칫, 마을 인심하고는!"

제법 큰 목소리에 주변 사람들이 거지를 바라봤다.

거지를 바라보던 이들은 허리에 있는 매듭을 확인하고는 고개를 돌렸다.

그때였다.

거지 옆에 산들바람이 불었다.

사사—삭.

거지는 힐끔 고개를 돌리다가 깜짝 놀란 표정으로 한 발짝 물러섰다.

"아, 깜짝이야……."

말끝을 흐린 거지는 재빨리 상대를 향해 포권했다.

"무제자 어르신, 깜짝 놀라지 않았습니까?"

"광개야, 거기서 뭐 하느냐?"

"사천당가가 뭐 하는지 구경하고 있었습니다."

"꼬리에 불붙은 늑대처럼 뛰어다니는 사천당가를 신경 써서 뭐 하게?"

"뭔가 중요한 것을 찾고 있는 것 같아서 감시하고 있었습니다."

"에이, 저놈들이 똥을 싸든 방귀를 뀌든 신경 쓰지 말고 할 일만 하거라. 원래 사천당가 놈들하고는 겸상을 안 하는 법이다. 동냥밥에 독을 푸는 놈들이 어찌 정파이더냐. 상종 말아야 할 놈들이지."

"어르신, 목소리가 큽니다. 괜히 들었다가 사천 지부에 또 독을 풀면 어떻게 합니까?"

"뭐 어떠냐, 개방 방도라면 독에 대한 내성도 길러야지. 그나저나 내 제자한테 수고비는 다 받았느냐?"

"휴……."

"왜 한숨을 쉬느냐?"

"아닙니다."

광개는 힘없이 손을 흔들며 도망치듯 자리에서 사라졌다.

한빈 이야기만 나오면 묘하게 다리에 힘이 풀렸다.

일을 하면 할수록 손해 보는 느낌은 왜일까?

광개의 뒤에서 홍칠개가 외쳤다.

"어딜 가느냐? 이놈아!"

"일하러 갑니다, 어르신."

석화교 위에서 무언가를 찾던 사천당가의 사내가 고개를 갸웃했다.

그러고는 홍칠개와 광개가 있던 자리를 바라봤다.

"누구지?"

"갑자기 왜 그러십니까? 공자님."

"저쪽에서 묘한 시선이 느껴져서. 휘야, 너도 느꼈지?"

"아무도 없는뎁쇼?"

"그래, 지금은 아무도 없지. 뭐, 하북에도 무가는 많으니까

그들 중 하나겠지. 그런데 왜 그렇게 못 찾아?"

"아, 그게…….."

휘라 불린 무사는 말끝을 흐렸다.

지금 그들이 찾고 있는 것은 쪽지였다.

그들은 사신첩과 그에 맞는 설명이 적힌 쪽지를 강북 무림 세가에 전하고 있었다.

쪽지에는 사신첩을 선물로 준다는 내용과 함께 사신첩을 여는 방법이 적혀 있었다.

그런데, 당가의 대표로 온 당기명이 자신이 보관하고 있던 쪽지를 잃어버린 것이었다.

말끝을 흐리던 휘는 뭔가 생각났는지 다급히 물었다.

"공자님, 그런데 하북팽가까지는 설명이 적힌 쪽지를 잘 전달하신 거죠?"

"휘야!"

"네, 공자님."

"너, 나 못 믿어? 내가 언제 실수하는 거 봤어?"

"아, 제가 공자님을 의심하는 건 아니고…….."

"지금 눈빛이 완전히 의심하고 있다고 말하고 있는데?"

"아닙니다, 오해십니다."

"오해가 아닌 것 같은데? 하북까지 와서 한따까리 해야 하나 막 갈등이 생기네."

"아, 저는 빨리 잃어버린 쪽지를 찾겠습니다."

휘는 재빨리 석화교 바닥을 뒤지기 시작했다.

사실 시켜서 하지만, 휘는 당기명을 믿지 못했다.

그가 보기에 당기명의 건망증은 제법 심각했다.

가끔은 무사들의 이름도 바꿔 부르는 당기명이었다.

휘가 당가에 들어온 오 년간 당한 대부분은 당기명의 건망증에서 비롯되었다.

건망증이 심한 당기명을 사이가 안 좋은 강북에 보낸 이유는 무엇일까?

그것은 당기명이 당가 내에서 그나마 성격이 유들유들하다는 평가를 받기 때문이었다.

휘는 한 가지만 기도했다.

이미 들른 하북팽가에 설명이 담긴 쪽지를 제대로 전달했기를 말이다.

하북팽가 가주전.

팽강위의 말에 모두가 고개를 갸웃했다.

가장 먼저 질문을 던진 것은 역시 팽대위였다.

"형님, 사파의 결집이라니 그게 무슨 말씀입니까? 사파는 지금 삼삼오오 분열되어 있지 않습니까?"

그의 말은 사실이었다.

강북 오대세가와 강남 오대세가가 물과 기름처럼 섞이지 않은 것처럼, 강북의 사파와 강남의 사파는 서로 왕래가 없었다.

그것은 마치 형제끼리 경쟁하는 것과 같았다.

싸움 중 가장 무서운 것이 집안싸움이라는 속담이 있지 않은가?

강북과 강남의 무림이 그랬다.

강북 사파는 강남 사파와 왕래가 거의 없었다.

차라리 같은 지역의 사파와 정파의 사이가 더 돈독하다고 하면 맞을 것이다.

등을 돌린 형제처럼, 그들은 서로를 견제했다.

그것은 정파의 무림세가도 마찬가지였다.

그런 이유로 사람들은 강북과 강남을 물과 기름으로 비유한다.

사실 물과 기름이란 표현도 함부로 쓰면 안 되었다.

누가 물이냐 기름이냐를 두고 싸우기도 하니 말이다.

기름은 물의 위에 뜨기 마련.

기름이 상전이니 자신이 기름이라 우기는 문파나 세가도 있었다.

"이제까지는 그랬지. 하지만, 언제부터인지 사파에 변화가 일어나고 있다."

팽강위는 뒤쪽으로 가더니 조그만 책자 하나를 들고 왔다.

팽대위에게 책자를 전하려던 팽강위의 손이 멈췄다.

순간 팽대위는 어색하게 웃었다.

"하하, 설마 제게 책을 주시려는 건……."

"됐다."

팽강위는 포기한 듯 고개를 흔들더니 책을 가기군에게 주었다.

가기군은 책을 받자마자 촤르륵 넘겨 봤다.

정보를 담당하는 주작각주답게, 대략적인 내용부터 파악한 것이었다.

책을 대충 넘겨 본 가기군의 고개가 살짝 기울어졌다.

누가 봐도 의문을 품고 있는 모습이었다.

가기군이 물었다.

"가주님, 이게 대체 무슨 책입니까?"

"자네가 본 그대로이네."

"이건 저잣거리에서 유행하는 이야기책이 아닙니까?"

"맞네."

"그런데 이게 사파와 무슨 상관이라는 이야깁니까?"

"그 책이 사파인을 결집시키고 있으니 문제지."

"그게 무슨 말씀입니까? 이깟 이야기책이 강호에 영향을 끼친다는 게 조금 이상합니다, 가주님."

주작각주 가기군은 못 믿겠다는 듯 책을 눈앞에 가까이 댔다가 멀리 뗐다가를 반복하며 살폈다.

그 모습에 가주 팽강위는 그럴 줄 알았다는 듯 고개를 끄덕이며 말을 이었다.

"사파인들은 이 책에 나온 주인공을 실존 인물이라 믿고 있네."

"이 책에 나와 있는 주인공이 실존 인물이라고요?"

주작각주 가기군은 다시 물어보며 책장을 펼쳐 봤다.

한 번 더 읽어 보니 이건 사파의 이야기가 아니었다.

주인공이 마교를 처단하는 권선징악이 담긴 내용이었다.

마교를 처단하고 무림의 정의를 세우는 것은 정파의 이야기가 아니던가?

그런데 왜 이 책이 사파를 결집시키는 역할을 한단 말인가?

가기군의 머릿속에는 계속 의문이 쌓였다.

그때 팽강위가 설명을 이었다.

"그 인물이 정파인지 사파인지는 나오지 않았지만, 저잣거리 이야기꾼들은 그 주인공을 사파로 묘사한다네. 붉은 옷을 입은 사파의 영웅으로 말일세. 그 책과 입담이 겹쳐지면서 요즘 철전을 쓸어 담는 이야기꾼이 제법 많다고 하네."

"아, 이게 그 책이었습니까? 하남에서부터 퍼졌다는 건 저도 들은 적이 있습니다."

"하남에서부터 시작되어 지금은 하북과 산동까지 널리 퍼진 이야기책이지."

"저도 알고는 있지만, 저 책에 나와 있는 인물은 누가 봐도

정파의 인물이 아닙니까?"

"그게 더 문제일세. 사파의 인물이 정파보다 더 자혜롭고 용맹하다……. 자네는 이게 말이 된다고 생각하나?"

"흠."

"자네는 왜 이런 책이 나왔다고 생각하는가?"

"저는 잘 모르겠습니다."

"이건 분명 강남 사도련을 중심으로 한 술책이 분명하네."

"그 이유는 무엇입니까?"

"물과 기름처럼 섞이지 못하는 강남과 강북의 사파를 통일하려는 것이지. 그것도 상상 속의 인물을 중심으로 말일세."

"전형적인 영웅 만들기 정책이군요."

"그렇지. 상상 속 인물을 바탕으로 강북과 강남을 하나로 통일하려는 사도련의 술책이라니, 생각만 해도 등골이 오싹하지. 여기까지가 내가 수집한 소문일세."

말을 마친 가주 팽강위는 검지로 서책을 가리켰다.

잠시 침묵이 흘렀다.

모두 가주 팽강위가 말한 소문을 머릿속에 정리하고 있는 것 같았다.

소위 회의라는 것이 그렇다.

생각할 틈 없이 생각을 쏟아 낼 때도 있지만, 지금처럼 명상을 하듯 여유를 가지고 주제에 접근하는 방법도 있다.

물론 이것은 팽대위가 가져온 술 때문일 수도 있었다.

주변을 보면 심각한 주제에 비해 다들 표정을 밝았다.

물론 불그레한 얼굴을 보아하니 술기운은 남아 있는 듯하지만 말이다.

한빈도 조용히 팽강위가 말한 소문을 떠올려 봤다.

팽강위는 지금 세가 간의 정치에서 입에 오르내릴 떡밥을 던진 것이다.

한빈은 가기군이 들고 있는 이야기책을 힐끔 바라봤다.

정보 수집이라면 한빈 역시 가주 팽강위나 가기군에게 뒤처지지 않을 텐데, 그는 처음 듣는 이야기였다.

아마 장운현에 오랜 시간 묶여 있으면서 정보의 흐름을 놓친 것 같았다.

문제는 그들이 말한 이야기책 속 인물이 묘하게 낯설지 않다는 점이었다.

한빈은 자신도 모르게 혼잣말을 뱉었다.

"혹시……."

그 목소리가 좀 컸는지 팽강위가 고개를 돌렸다.

"한빈아, 할 말이 있으면 해도 된다."

동시에 모두의 시선이 한빈에게 쏠렸다.

졸지에 시선을 모은 한빈이 입을 열었다.

"저는 저쪽의 영웅 만들기 술책에 대항할 묘책이 중요하다고 생각합니다."

"너는 그 묘책이 뭐라 생각하느냐?"

"정파의 무림세가 쪽에서 취할 방법은 두 가지라 생각합니다."

"말해 보아라."

"하나는 영웅을 지우는 방법입니다."

"영웅을 지운다라······."

"이야기꾼을 풀어서 그 영웅을 정파의 사람으로 바꾸는 것이죠. 그런데 제가 보기에 저잣거리에 풀린 이야기꾼들은 사파의 돈줄을 쥐고 있겠죠."

"그럼 두 번째 방법은 무엇이냐?"

"다른 하나는 영웅을 만드는 방법입니다. 사파와 똑같은 방법으로 영웅을 만들어 강북과 강남 무림을 결집시키는 방법이죠. 그런데 이것도 의견이 갈릴 것이라고 봅니다."

"의견이 갈린다라? 어떤 의미인지 말해 줄 수 있겠느냐?"

"정파의 대표 단체인 정의맹을 구성하고 있는 것은 거대 문파와 무림세가가 아닙니까?"

"그렇지."

"거대 문파로 불리는 구파일방의 경우는 강북과 강남이라는 구분이 없습니다. 유일하게 천하 십대세가만이 강북 오대세가와 강남 오대세가로 나뉘어서 대립하고 있을 뿐이죠."

"계속해 보아라."

"정의맹에서는 이 일에 자금을 쓰려고 하지 않을 것입니다. 아마도 똥줄이 타는 것은 천하 십대세가겠죠. 사파가 통

일되면 가장 손해를 볼 것도 십대세가고요. 구대문파야 어찌
보면 넘을 수 없는 세력이니까요. 제 생각에는…….”

한빈은 의도적으로 말끝을 흐렸다.

계속해야 할 것이냐를 판단하고 있는 것이었다.

힐끔 눈치를 보니 모두가 침을 삼키고 있다.

한빈은 편안히 말을 이었다.

“이번 무가지회의 주제가 바로 강북과 강남 무림세가의 결
집이 아닐까 싶습니다. 그 결집을 위해 무가지회에서 영웅을
만들 것이 분명하고요.”

“오호.”

팽강위가 한빈을 보며 탄성을 터뜨렸다.

새로운 사실을 알았다는 뜻은 아니었다.

한빈의 혜안이 대견하다는 탄성이었다.

탄성을 지운 팽강위가 진지한 표정으로 말을 이었다.

“이번 무가지회에서는 아마 상상의 인물이 아닌 실제 인물
을 새로운 무림세가의 영웅으로 내세울 것이다. 또한 그 영
웅이 누가 되느냐가, 강북과 강남 무림세가의 주도권을 누가
쥐느냐 하는 열쇠가 될 것이다.”

“아, 실제 인물이라……. 경쟁이 치열하겠군요.”

“즉, 이번 무가지회는 천하 십대세가를 중심으로 한 비무
대회가 중심이 될 듯하다. 거기에서 나온 영웅을 중심으로
천하 십대세가는 결집할 것이고 그 뒤에 중소 무림세가는 대

통합에 자연스럽게 뒤따라 오리라는 것이 강북 오대세가주의 생각이다."

"아, 이제야 사천당문이 왜 그리 마음이 급한지 이해가 되는군요."

한빈이 알았다는 듯 고개를 끄덕이자 팽강위가 고개를 갸웃했다.

"그게 무슨 말이더냐?"

"무가지회를 통해 다른 가문의 도움을 받아 가주가 회복하더라도 주도권을 넘겨줘야 하고, 다른 가문에서 무림세가를 대표할 영웅이 나오더라도 똑같이 주도권이 넘어가겠죠."

"당가는 주도권을 빼앗겨 불이익을 받을 텐데, 왜 서두른다는 말인가?"

팽강위는 질문을 던진 뒤 한빈을 시험하는 눈빛으로 바라봤다.

몰라서 묻는 것이 아니었다.

한빈의 안목을 시험하고 있는 것이었다.

"가장 중요한 것은 당가주의 상태일 겁니다. 그 상세가 위중하니 행사는 서둘러 도움을 받아야 하겠고 주도권을 놓치기 싫으니 다른 세가의 도움 없이 의원을 찾아서 해결하겠다는 것이겠지요."

"그럴 수도 있겠구나."

"그건 사천당가의 사정이고, 우리는 어떻게 하면 무가지회

라는 전쟁에서 승리할지를 고민하는 것이 이 회의의 주제가 맞겠죠?"

"네 말이 맞다. 이제 마지막으로 결정을 내려야 할 것이 바로 그 문제이다."

말을 마친 팽강위는 시선을 돌렸다.

팽강위가 바라보고 있는 것은 팽혁빈과 한빈이었다.

그는 두 명의 소가주 후보를 매의 눈으로 바라보고 있었다.

한빈은 그 눈빛을 담담히 받았다.

둘을 바라보던 팽강위가 천천히 입을 열었다.

"둘 중 누가 가겠느냐?"

이번 무가지회에 누가 가겠냐고 묻는 것이다.

"……."

팽혁빈이나 한빈, 둘 다 먼저 입을 열지는 않았다.

대신 서로를 바라봤다.

먼저 입을 연 것은 한빈이었다.

"형님이 대표로 가시는 것이 좋을 것 같습니다."

"양보하는 것이냐?"

팽강위가 눈매를 좁히며 한빈에게 물었다.

한빈은 옅게 웃으며 말을 이었다.

"가문의 이익이 걸린 일에 양보라는 단어가 있을 수 있겠습니까? 양보가 아니라 최선이라고 해야 맞을 것 같습니다."

"최선이라……."

한빛팽가
검술천재

"네, 맞습니다. 일단 천하 십대세가의 면모를 보면, 이미 소가주가 정해져 있는 가문이 태반입니다. 거기에서 한발 더 나아간다면, 그 소가주들의 나이와 강호 경력도 무시 못 하죠. 그곳에 제가 낄 수 있겠습니까? 아마 제 목소리는 철저히 무시당할 것이 분명합니다. 중요한 것은 제 목소리가 무시당하는 것은 바로 우리 가문이 무시당하는 것이라는 점입니다."

"상황을 피하겠다는 말이냐?"

말을 마친 팽강위의 눈썹이 꿈틀댔다.

눈썹에 입이 달렸다면 험한 말이 튀어나올 것만 같았다.

하지만 한빈은 아무렇지 않게 입을 열었다.

"솔직히 말해도 되겠습니까?"

질문을 던진 한빈의 눈빛이 달라졌다.

마치 먹이를 앞에 둔 맹수의 눈빛으로 말이다.

한빈이 눈을 빛내자, 팽강위가 호기심 어린 눈빛으로 고개를 끄덕였다.

"말해 보아라."

"그런 상황이 오면 저는 모두의 귀싸대기를 후려칠 자신이 있습니다."

순간 모두는 술기운이 달아난 듯 눈을 크게 떴다.

호탕한 팽가의 기질에 가장 어울리는 답이지만, 이들 중 누구도 귀싸대기라는 표현을 쓸 이는 없었다.

술잔이 앞에 있지만, 공식적인 회의 자리가 아니던가?

사람들은 한빈에 말에 감정을 숨기지 못했다.

팽혁빈은 웃음을 참지 못했다.

"푸읍."

입 안의 술이 사방으로 튀었다.

다행히도 고개를 돌리고 웃음을 터트렸기에, 다른 이들에게 피해는 없었다.

집법당주 팽대위는 놀란 표정에 비해 살짝 입을 씰룩이고 있었다.

모두의 시선이 가주 팽강위에게 향했다.

가주가 어떻게 반응할지 궁금했던 것이다.

가주 팽강위는 팔짱을 끼고 상체를 기울였다.

그의 입에서는 '요놈 봐라.' 하는 말이 튀어나올 것 같았다.

그것도 잠시, 팽강위의 얼굴에 호기심 대신 엄격함이 묻어났다.

"지금 장난하는 것이더냐?"

"장난이 아닙니다. 저는 진지하게 답한 것입니다."

"그렇다면 가문의 대표를 거부하는 이유는 무엇이냐?"

"나머지 세가를 모두 적으로 만들 필요는 없지 않습니까? 아군을 만들기에는 형님이 더 적합하다고 생각합니다."

말을 마친 한빈은 살짝 한 걸음 물러났다.

그 모습에 팽강위는 그윽한 눈빛으로 한빈을 바라봤다.

이제까지의 일을 보면 한빈은 호랑이라고 하기보다는, 적을 끝까지 쫓아서 물어뜯는 늑대에 가까웠다.

어찌 보면 적을 만들 수도 있다는 한빈의 말이 맞았다.

팽강위가 천천히 고개를 끄덕였다.

"일리가 있구나. 그럼 혁빈이의 생각은 어떠하냐?"

"저도 한빈이의 말에 전적으로 동의합니다."

"흠."

팽강위가 수염을 쓰다듬었다.

강호행 후 가문으로 돌아온 팽혁빈의 가장 큰 변화는 한빈에 대한 태도였다.

형제간의 우애를 넘어 어떻게 보면 의지하는 모습이었다.

첫째 팽혁빈이 누구에게 의지한 적이 있었던가?

아비의 도움조차 거절하는 성격이었다.

거기에 더해, 조금 전 팽혁빈이 한 말은 더욱 가관이었다.

고민도 잠시, 팽강위는 결정을 내렸다.

팽강위는 조용히 고개를 끄덕이며 가기군에게 지시를 내렸다.

"지금 들은 대로 준비해 주게, 가기군 각주."

"네, 알겠습니다. 아직 시간이 남아 있으니 일단 정보부터 착실하게 수집해 놓겠습니다. 그리고 대공자가 출발하기 전까지 완벽히 자료를 모아 놓겠습니다."

"그럼 부탁하겠네. 그리고 내가 할 말은 여기까지니, 모두

돌아가도록."

"그럼 이만 가 보겠습니다."

가기군이 먼저 포권했다.

그 모습에 팽강위가 고개를 갸웃했다.

"자네는 나랑 일대일 비무를 하기로 하지 않았나?"

"그게……."

팽강위는 대답 대신 자신의 거도를 잡았다.

거도를 잡은 팽강위의 몸에서 태산과도 같은 기세가 뿜어져 나왔다.

그 모습에 모두는 자신의 짐을 챙기기 바빴다.

그들이 자리를 뜨려 할 때, 팽강위가 나지막한 목소리로 말했다.

"저 책은 혁빈이가 가져가거라."

"네, 알겠습니다."

팽혁빈은 재빨리 탁자 위의 서책을 집었다.

자리에 남은 가기군이 도움을 찾을 이를 찾았다.

"집법당주님."

"내가 서류를 검토할 게 있어 이만 가 봐야겠네. 미안하네, 가기군 각주."

말을 마친 팽대위는 재빨리 술통을 챙겼다.

팽대위와 모두는 약속했다는 듯 자리를 비켜 주었다.

흑막

가주전에서 나온 팽혁빈과 한빈은 눈을 가늘게 떴다.

사파를 결집시키고 있다는 마공서의 정체가 궁금했던 것이다.

한빈이 물었다.

"형님, 그 서책의 이름이 뭐죠?"

"흠, 어디 보자. 아까 보니 제목도 없던데……."

팽혁빈은 품속에서 서책을 꺼냈다. 그러고는 책장을 넘기며 눈을 가늘게 떴다.

그것도 잠시, 팽혁빈은 고개를 저었다.

"아무리 찾아봐도 제목은 나와 있지 않군. 네가 직접 찾아보겠느냐?"

"그럼 그 책, 제가 며칠 빌려도 되겠습니까?"

한빈은 팽혁빈이 서책을 당연히 넘겨줄 것이라 생각하는 듯, 손을 내밀었다.

팽혁빈은 서책을 건네려다 손을 멈췄다.

그 모습에 한빈이 물었다.

"왜 그러시죠? 형님."

"공짜로 달라는 얘기는 아니겠지?"

"당연하죠, 내일 비무 한 판 어떻습니까?"

"쩝, 한 번은 아쉬우니 두 번은 어떻겠느냐?"

"저는 좋습니다."

한빈이 씩 웃자, 팽혁빈도 마저 웃었다.

협상을 마친 팽혁빈은 서책을 한빈에게 건넸다.

한빈이 서책을 품속에 넣고 말했다.

"읽는 대로 전해 드리겠습니다."

"늦게 줘도 된다."

"네, 형님. 그럼 저는 이만……."

한빈이 자리에서 사라졌다.

그 모습에 팽혁빈이 혀를 찼다.

"다 좋은데 성격이 너무 급하군."

그 말에 뒤따라오던 팽대위가 같이 혀를 찼다.

"쯧쯧, 성격이 급한 건 가문의 기질이지."

"가문의 기질이라뇨? 숙부님이 보시기에 저도 성격이

급해 보입니까??"

"당연히 급해 보이지. 거기에 한 가지 더 추가한다면 비무에 미친 것도 그렇고 말이다. 내 말이 틀리더냐?"

"잘못 아셨군요. 제가 가문에서 제일 침착하다고 생각합니다. 그리고 가장 온순하기도 합니다, 숙부님."

"뭐, 인정해 주지."

"감사합니다."

"그런데 아까 귓속말로 뭐라고 했기에 우리 가주 형님이 웃음을 터트리더니 각주들을 해산시킨 것이냐?"

팽대위는 못 말리겠다는 듯 손을 흔들며 화제를 돌렸다.

팽대위가 물은 것은, 이전에 한빈이 모든 상황을 아는 듯하자 팽혁빈이 끼어든 일이었다.

팽혁빈은 잠시 그때 일을 떠올리더니 말했다.

"천재라 했습니다."

"천재라고?"

"한빈이가 제갈량에 버금가는 천재라 했습니다. 뭐, 정확히는 그 이상 가는 천재가 맞습니다."

"아, 그랬구나."

"그런데 왜 표정이 그러십니까?"

"과연 네 말이 맞는지 궁금해서 그러는데……."

살짝 말끝을 흐리는 팽대위의 모습에 팽혁빈은 고개를 힐끔 돌렸다.

그곳에는 팽대위가 들고나온 술통이 있었다.

보기에도 제법 많은 술이 남아 있었다.

팽혁빈이 말했다.

"그거 마저 치워야 하지 않습니까? 제가 도와드리겠습니다."

"그래, 한잔하면서 남은 얘기 좀 끝내자꾸나."

말을 마친 팽대위는 재빨리 방향을 틀었다.

집법당이 있는 쪽으로 말이다.

한빈은 탁자에 앉아 서책을 펼쳤다.

그때 설화가 청화를 데리고 들어왔다.

청화의 혈색은 점점 정상이 되어 가고 있었다.

처음 깨어났을 때만 해도 너무 생기가 없어서 귀신으로 착각할 정도였지만, 지금은 제법 사람답게 변해 있었다.

그래도 아직은 병자 같은 느낌.

문제는 체구가 점점 줄어들고 있다는 점이었다.

공독지체의 부작용일까?

아직은 의미를 알 수 없었다.

공독지체라는 특이 체질은 전생의 한빈도 경험하지 못했으니까.

청화는 조금만 더 있으면 설화와 비슷해질 것 같았다.

이제는 청화가 설화에게 언니라 불러도 이상하지 않아 보였다.

한빈의 시선에 고개를 갸웃한 설화가 조용히 차를 따랐다.

조르륵.

한빈이 씩 웃었다.

설화가 고개를 갸웃하며 물었다.

"왜 그러세요? 공자님."

"찻물이 흘러내리는 소리가 제법 정갈한 것이, 마치 도인 같아서 그런다."

"도인은 무슨 도인이요, 칫."

설화가 어이없다는 듯 한빈을 바라봤다.

한빈은 아무 말 없이 미소 지었다.

설화가 자신의 변화를 모르는 것 같았기 때문이었다.

설화에게는 더 이상 살수의 흔적은 보이지 않았다.

천수장에 처음 왔을 때만 해도 미소 뒤에 살기를 한 아름 품고 있는 아이였다.

한빈은 차로 입술을 적신 뒤 책장을 넘겼다.

하북팽가 내에서 사파의 움직임을 가장 먼저 알고 있는 사람을 꼽으라면 당연히 한빈이었다.

사파가 처음 만들어 낸 영웅은 바로 적룡대협, 즉 한빈이기 때문.

문제는 이야기책 속에 나오는 인물의 정체다.

아마 책 속의 인물은 한빈이 아닌 다른 사람일 것이 분명했다.

이 부분에 대해서는 뭔가 흑막이 있어 보였다.

그렇지 않고서야 사도련에 대항해 십대세가가 하나로 뭉치려는 움직임이 나올 수는 없었다.

거기에 더해 무가지회가 열리는 곳은 다름 아닌 사천.

그렇다면 사파를 뒤에서 움직인 흑막이 있을지도 모른다고 생각했다.

그리고 이 서책으로 분위기에 불을 지핀 것도 그들일 것이고 말이다.

아마 이 책은 시중에 그리 많이 풀리지는 않았을 것이다.

한눈에 봐도 찍어 낸 책이 아닌, 필사한 책.

누군가가 써 놓은 이야기를 옮겨 적었다는 이야기였다.

한빈은 눈을 가늘게 떴다.

이 책에는 중간중간 빠진 문장들이 많았다.

이렇게 필사를 해서 전해지는 책들은 옮겨 적는 과정에서 이야기가 변하기도 하고, 기존에 있던 부분이 빠지기도 한다.

그렇게 빠진 이야기들은 이야기꾼들이 채워 넣어 사람들에게 전달하고 말이다.

그 능력에 따라 그들의 수입이 달라지는 것은 당연할 일이었다.

한빈이 궁금한 것은 과연 이 책을 누가 썼느냐는 점이었
다.

책을 읽어 나가던 한빈은 고개를 갸웃했다.

한빈의 모습에 설화가 물었다.

"왜 그러세요? 공자님."

"이 책의 내용이 조금 이상해서 그러지."

"왜요?"

"왜 배경이 영단산이지?"

"어? 영단산이면 하남정가로 가던 길에 난리 났던 거기잖
아요? 공자님이 죽을 뻔했던……. 사파가 무슨 무림 학관 세
운다고 했던 곳이기도 하고요."

설화는 조금 흥분했는지 두서없이 말을 늘어놓았다.

한빈은 설화를 진정시킨 뒤 말을 이었다.

"그런데, 왠지 주인공이 쓰는 초식이 눈에 익어서……."

"줘 보세요."

설화는 낚아채듯 서책을 들었다.

한참을 보던 설화도 고개를 갸웃했다.

"이거 공자님이잖아요? 와, 공자님, 드디어 성공하셨네요.
이야기꾼들의 책에도 나오고……."

"뭐라고?"

설화는 평소답지 않게 호들갑을 떨었다.

옆에 있던 청화도 끼어들었다.

"저도 보여 주세요, 언니."

"여기 봐 봐. 이거 공자님이 잘 쓰시는 초식이잖아."

"어, 맞아요. 저도 이 초식에 뚜드려 맞았잖아요."

"맞은 데는 괜찮고?"

"지금은 괜찮아요, 언니."

"그래, 공자님하고 만나면 원래 맞고 시작하는 게 순서라서 말이야. 그러니까 너무 원망은 하지 마."

"원망 안 해요. 저를 살려 주신 게 언니랑 공자님인데요, 뭐. 그런데 언니도 맞고 시작하셨어요?"

"그게 좀, 헤헤."

설화가 웃자 청화가 한빈을 바라봤다.

뭔가 오묘한 눈빛이었다.

한빈은 이야기가 샛길로 빠지는 것 같자, 재빨리 손을 저었다.

"잡담은 그만하고 일단 이 책에 대해서 이야기하자."

"잡담 아닌데……. 그런데 뭐가 궁금하신 거예요? 딱 봐도 공자님과 친한 분이 쓴 것 같은데요?"

"나랑 친한 사람이라고?"

"생각해 보세요. 여기 묘사된 초식들은 옆에서 보는 것처럼 생생해요. 그리고 주인공에 대한 호감도 가지고 있고요. 그럼 측근이라는 이야긴데, 이상한 건요……."

"이상한 건 뭐지?"

"제가 공자님 오른팔이잖아요. 그런데 저는 쓴 적이 없거든요."

"아."

한빈이 어이없다는 듯 설화를 바라봤다.

그때 청화가 고개를 갸웃했다.

"이야기꾼들이 쓰는 책이라면 분명히 책을 쓴 사람 이름이 나와 있을 텐데요."

"이름이 나와 있다고?"

한빈이 놀란 듯 묻자, 청화가 책장을 넘기기 시작했다.

촤르륵.

책을 넘기던 청화의 손이 멈춘 건 마지막 장이었다.

청화는 마지막 장을 검지로 가리켰다.

한빈과 설화가 고개를 내밀고 마지막 장을 확인했다.

한빈이 고개를 흔들었다.

"아무리 봐도 안 나와 있구나, 청화야."

"여기를 보셔야 해요."

청화는 세로로 쓰인 서책의 마지막 장 중 아래쪽을 쭉 손가락으로 그었다.

그러고는 다시 말을 이었다.

"보통 이런 책을 쓸 때는 이런 식으로 이름을 넣어요. 그러니까……."

청화가 가리킨 것은 순서대로 읽는 것이 아닌, 아래쪽을 가

로로 읽다 보면 마지막에 저자의 이름이 나온다는 것이었다.

그것이 이야기책을 저술하는 방식이고 말이다.

청화는 최고의 독인이 되기 위해 수련할 때, 유일한 친구가 저잣거리에서 떠도는 이런 책들이었다는 것까지 덧붙였다.

청화의 말에 설화가 손뼉을 쳤다.

짝!

"와, 청화 너 천재구나. 우리 공자님도 몰랐던 걸 청화 네가 알아내다니!"

탄성을 흘리며 청화의 머리를 쓰다듬는 설화.

한빈은 그들의 모습은 신경 쓰지 않고 가로로 쭉 글자를 확인하기 시작했다.

그러고는 눈을 가늘게 떴다.

가로로 글자를 조합해 보니 익숙한 이름이 나왔기 때문이다.

그 이름은 바로 진세미였다.

아무래도 흑막이 아니라 우연에 우연이 겹친 것 같은 느낌이 들었다.

생각해 보니 장운현에서 진세미와 만났을 때 이 책에 대한 이야기를 한 것도 같았다.

적룡대협에 대한 존경심을 담아 쓴 글이 있다고 했다.

진짜 이 책일까?

그렇다면 흑막이라는 것이……

한빈이 눈매를 좁힐 때였다. 누군가 문을 두드렸다.

똑똑.

한빈이 말했다.

"들어오라고 해라."

한빈의 말에 설화가 달려 나갔다.

덜컹.

문이 열리고 들어온 이는 정문의 경비 무사였다.

경비 무사가 얼굴이 파래져서는 한빈에게 다가왔다.

"사 공자님께 온 물건이 있어, 전해 드리려고 왔습니다."

"이리 줘 봐라."

"여기 있습니다."

경비 무사는 물건을 탁자 위에 올려놓고는 재빨리 사라졌다.

한빈은 경비 무사의 얼굴이 새파랗게 질린 이유를 알았다.

그 경비 무사는 사천당문에서 온 사신첩을 전한 무사였다.

가주 팽강위 앞에서 간이 콩알만 해진 상태로 다시 일을 나갔을 것이었다.

그런데, 이 물건이 그의 간을 더욱 쪼그라들게 만든 것이다.

이 물건은 백사문에서 보내온 것이었다.

즉 천하 십대세가와 사파 사이에 긴장감이 고조되는 이런 상황에서, 사파에서 하북팽가의 직계에게 보내온 물건이라

는 뜻.

자칫 혀를 잘못 놀린다면 어찌 될지 모른다 생각했을 것이다.

새파랗게 질려 도망간 경비 무사와는 달리, 한빈은 아무렇지 않게 상자를 열었다.

상자를 열어 보니, 영약이 들어 있는 듯한 조그마한 상자와 서책 한 권, 그리고 서찰이 들어 있었다.

한빈은 먼저 서찰을 집었다.

한빈이 서찰의 봉인을 뜯으려 하자, 설화가 다급히 말했다.

"이거 위험한 거 아니에요? 제가 뜯을게요."

"설화야."

"네, 공자님."

"예민하게 굴지 말아라."

말을 마친 한빈은 재빨리 서찰을 뜯었다.

지금 보낸 영약은 약속한 이익금이라는 것이 주된 내용이었다.

그리고 전에 말했던 서책을 같이 넣었다는 내용도 있었다.

서찰을 확인한 한빈은 서책을 들었다.

촤르륵.

서책을 넘기던 한빈의 표정이 변했다.

역시 이야기꾼들 사이에서 가장 인기가 좋다는 책의 저자

는 진세미가 맞았다.

진세미가 보낸 책에는 이야기꾼들로부터 입수한 책에 없는 내용까지 모두 담겨 있었다.

조금 전 본 이야기책과 조금 다른 부분이 있다면, 한빈이 보기에도 오글거릴 정도로 책 속의 인물을 표현했다는 것이었다.

이것은 존경심을 넘은 경외를 담고 있었다.

딱 보기에도 의도는 없었다.

아는 사람 몇 명에게만 나눠 줬다고도 적혀 있었다.

이것이 이야기꾼들의 손에 흘러들어 간 것은 우연일 것이었다.

사파의 결집 뒤에 숨겨진 흑막이라 한다면?

바로 한빈 자신일 것이었다.

한빈은 조용히 영약이 담겨 있을 상자를 바라봤다.

그러고는 입맛을 다셨다.

강북과 강남 무림이 술렁이는 현 상황을 해결할 수 있는 열쇠를 쥐고 있는 것도 한빈 자신이었다.

한빈은 부지런히 머릿속으로 주판알을 튕겼다.

눈을 빛낸 한빈이 혼잣말을 뱉었다.

"이거 재미있겠는데……."

이제 문제는 사천당가의 당주가 누구에게 당했는지를 찾아내면 되었다.

뭐, 사천당가를 그렇게 만든 배후는 못 알아낸다 해도, 사
파를 적절히 이용한다면 이번 무가지회에서 만족할 만한 결
과를 얻을 것이었다.

　한빈의 진득한 웃음에 설화는 청화의 소매를 잡아끌었다.

"그만 나가자."

"왜요, 언니?"

"지금 표정 잘 기억해 둬."

"지금 표정이라니요?"

"딱 보기에도 뭔가 사악, 아니 순수해 보이시잖아."

　설화는 특정 단어는 들릴 듯 말 듯 말했다.

　한빈의 표정을 본 청화도 동의하듯 고개를 끄덕였다.

　다음 날 아침.

　한빈 일행은 하북팽가를 나왔다.

　몇 걸음 가던 한빈이 고개를 갸웃했다.

　문 옆에 걸린 가죽 주머니가 한빈의 눈에 들어온 것이다.

　하북팽가의 정문을 받치고 있는 기둥에는 나무못이 박혀
있었다.

　나무못의 정체는 무엇일까?

　이 못은 팽가를 방문한 손님들이 깜박하고 놓고 간 물건을

걸어 놓는 곳이었다.

가문을 떠나거나 다시 방문할 때 자신의 물건인지를 확인하라는 것이었다.

그런데 그곳에 가죽 주머니가 걸려 있었던 것.

가죽 주머니의 색이 나무와 너무 비슷해, 주의를 기울이지 않으면 보이지 않을 정도였다.

아마 그 때문에 아직도 저기 남아 있는 듯 보였다.

문제는 저 가죽 주머니에서 익숙한 냄새가 난다는 것이었다.

경비 무사를 지나치려던 한빈은 재빨리 몸을 돌렸다.

'구걸십팔보.'

'전광석화.'

한빈은 눈에 보이는 자그마한 돌멩이를 잡았다.

그러고는 기둥에 매달린 주머니를 향해 던졌다.

'백발백중.'

순간 기둥에 걸려 있던 가죽 주머니가 떨어졌다.

툭.

한빈은 재빨리 손을 뻗어 낚아챘다.

낚아채고 돌아선 한빈이 경비 무사를 보며 씩 웃었다.

동작이 얼마나 빨랐는지, 경비 무사의 입장에서는 한빈이 주위를 두리번거리는 정도였다.

그 모습이 경비 무사의 눈에는 마치 꼬투리를 잡으려는 모

습으로 비쳤다.

경비 무사가 눈을 살짝 뜨며 말했다.

"사 공자님, 제가 뭐 잘못한 거라도……."

그는 말끝을 흐리며 시선을 마주치지 못했다.

우연히도 그 경비 무사는 사천당가의 서찰과 백사문의 물건을 가져왔던 자였다.

그의 입장에서는 한빈이 그때의 실책을 꼬투리 잡으려는 것처럼 보였다.

한빈이 사신첩의 비밀을 풀지 못했다면 누군가가 중독당했을지도 모르는 일.

물론 일개 경비 무사가 책임질 일은 아니었다.

하지만, 누군가 다쳤다면 자신도 무사하지 못할 것이 분명했던 상황.

경비 무사는 그 때문에 안절부절못하고 있는 것이었다.

게다가 한빈이 웃는 모습은 그가 충분히 오해할 만한 모습이었다.

다행히 한빈의 활약으로 그때 아무 일도 일어나지 않았지만, 경비 무사는 뜨끔했다.=

한빈은 사람 좋은 얼굴로 품속에 손을 넣었다.

물론 가죽 주머니를 넣기 위함이었다.

하지만, 뭔가 어색한 듯한 동작이었다.

그래서 한빈은 품속에서 슬쩍 은자 한 닢을 꺼냈다.

"이거 받아."

"이게 대체 무엇인지요? 사 공자님."

"그날 고마웠다는 표시야."

"그게 대체……."

"그날 사신첩을 그냥 들고 왔잖아. 뭐, 조금은 위험한 물건이긴 했지."

"그때는 정말 죽을죄를 지었습니다. 그런데 은자라니요?"

"죽을죄는 뭐……. 내가 무사히 열게 해 줘서 고맙다는 거야. 덕분에 내가 활약할 수 있었잖아."

"아, 사 공자님."

경비 무사의 눈동자가 살짝 떨렸다.

그가 말한 것은 진심이었다.

한빈이 아니었다면 그때 목이 달아날 수도 있는 일이었다.

그런데, 포상까지 내린다니…….

경비 무사의 눈시울이 뜨거워졌다.

한빈은 점점 멀어지고 있었다.

사라지는 한빈의 모습을 본 경비 무사가 천천히 입을 열었다.

"고, 공자님……."

물론 그 목소리는 너무 작아 한빈에게 닿지는 못했다.

그때 잠시 뒷간에 갔다가 돌아온 동료 경비 무사가 물었다.

"왜 그러나? 자네."

"아, 아무것도 아닐세."

"눈을 보니 무슨 험한 꼴을 당한 것 같은데."

"아니래도. 험한 꼴이라니……. 은혜를 입었지, 은혜를……."

"은혜라니, 그게 무슨 말인가?"

"장운현에서 떠도는 소문이 사실인 듯하네."

"무슨 소문?"

"우리 사 공자님이 생불이라는 거 말이야."

"에이, 설마. 그거 그 사람들이 역병 때문에 정신이 휙 돌아서 그런 거라고 결론 났잖아."

"아니야, 나는 오늘부터 사 공자님을 믿기로 했네."

가문에서 멀어지자 한빈은 귀를 후볐다.

그 모습에 설화가 물었다.

"공자님, 왜 그러세요?"

"누가 내 말을 하는지 귀가 간지럽네."

"에이 참, 공자님은 의심이 너무 많아요."

"의심은 무슨. 내가 무슨 의심이 많다고 그래?"

"의심이 많아서 그러시는 거잖아요. 이제는 믿으셔도 될

것 같은데요."

"누굴 믿어?"

"가족요."

"가족이라……."

한빈은 말끝을 흐리며 희미한 웃음으로 뒷말을 대신했다.

표정을 본 설화가 말했다.

"표정을 보니 이미 가족을 믿고 계셨다는 거네요. 솔직히
부러워요. 그렇지 않니? 청화야."

"네, 저도 공자님이 부러워요."

그들의 말에 한빈이 고개를 갸웃했다.

"뭐가 부럽다는 거지?"

"가족 말이에요. 저도 그렇고 청화도 그렇고 진짜 부모님
은 없잖아요."

"음."

한빈이 침음을 흘리며 둘을 바라봤다.

설화의 말대로 둘에게 진짜 부모는 없었다.

각각 살수와 독인에게 거둬져 그들을 부모로 알고 자라 왔
다.

그 공통점 때문에 설화와 청화가 친자매처럼 지내고 있는
것이고 말이다.

한빈이 뚫어져라 쳐다보자 머쓱해진 설화는 화제를 돌렸
다.

"저, 아까 품에 넣으신 주머니는 뭐예요? 별거 아닌 것 같은데 그렇게 은밀하게 챙기시니 더 궁금해요."

"아, 그러고 보니 이걸 잊고 있었네."

한빈은 품 안에서 가죽 주머니를 꺼냈다.

한빈이 이 주머니를 챙긴 이유는 주머니에서 나는 냄새가 사신첩에서 풍겼던 것과 너무 똑같았기 때문이었다.

그렇다면 이것은 사천당가의 물건이라는 이야기였다.

사천당가의 물건이라?

즉, 이 주머니에 들어 있는 물건이 바로 사신첩을 여는 단서일 것이 분명했다.

그렇다면 사천당가가 흘리고 간 이유는 무엇일까?

한빈은 하북팽가를 시험해 보기 위해 낸 과제라 생각했다.

하지만 가죽 주머니를 열어 본 순간, 한빈은 이제까지의 추측을 모두 백지로 돌려야 했다.

"아."

한빈의 탄성에 설화가 고개를 내밀고 가죽 주머니 안을 들여다보았다.

그 안에는 전서구 통이 여러 개가 있었다.

설화가 물었다.

"이게 다 뭐예요? 공자님."

"뭐긴, 사신첩을 여는 열쇠지."

"그럼 혹시……."

"그 혹시가 맞아. 사천당가에서 이것을 떨어뜨리고 간 거지."

"그러면, 고의로 그런 건 아니라는 얘기네요."

"이제까지는 고의가 아니었겠지만, 앞으로는 고의가 되겠지."

"그게 무슨 말씀이세요?"

"전서구 통을 잘 봐 봐."

"전서구 통이 왜요? 아, 그랬구나……."

설화는 입을 떡 벌렸다.

한빈이 가리킨 전서구 통에는 조그만 글씨로 각 가문의 이름이 써 있었다.

모용세가, 황보세가, 백도문 등 이번에 무가지회에 초대할 강북의 문파들이 말이다.

한참을 보던 설화가 고개를 갸웃했다.

"그런데, 왜 다른 가문 것까지 떨구고 갔을까요?"

"뭐, 소식을 전하는 자가 엄청나게 덜렁대는 성격이거나 사천당가 사람들의 약점 때문이겠지……."

"사천당가에 약점이 있어요?"

"그러니까 그건……."

한빈이 살짝 말끝을 흐렸다.

그때 마침 청화가 배를 어루만지며 물었다.

"언니, 오늘 아침은 안 먹어요?"

청화의 말에 한빈과 설화가 동시에 입을 벌렸다.

한참을 바라보던 설화가 말했다.

"아까 먹었잖아."

"그런가……?"

청화가 고개를 갸웃했다.

그 모습에 한빈이 다시 말을 이었다.

"사천당가의 약점이라고 하면 바로 건망증이지. 독을 다뤄서 그런 건지 아니면 가문의 내력인지는 몰라도 그쪽 친구들이 건망증이 심하더라고. 지금 보니 청화도 비슷하네, 하하."

"헤헤, 그런데 점심은 언제 먹나요? 공자님."

청화가 해맑게 마주 웃자 한빈이 말했다.

"그럼 지금부터 걸음을 재촉하자꾸나."

"이왕이면 석화교 쪽으로 가요. 거기에 맛있는 당과가……."

"알았다, 설화야."

한빈이 속도를 높였다.

청화의 손을 잡은 설화도 덩달아 속도를 높였다.

한빈은 고개를 갸웃했다.

최근 들어 느낀 거지만, 청화의 몸 상태가 조금 이상했다.

청화의 하루 식사량은 설화의 열 배가량.

독을 취해서 성장하는 청화에게 음식은 필요 없었다.

그런데 묘하게 남들의 몇 배에서 몇십 배 가까이 되는 양

을 매끼 먹어 치웠다.

어찌 보면 이것은 체질이 바뀌면서 얻게 된 부작용일지 몰랐다.

얼마나 걸었을까.

저 멀리 석화교가 보였다.

석화교를 건넌 한빈 일행은 길거리에 늘어선 좌판 앞에 서 있었다.

설화가 향한 곳은 역시 당과를 팔고 있는 좌판이었다.

좌판 앞으로 한 발 다가선 설화가 입을 열었다.

"아저씨, 여기 당과 좀 주세요."

"몇 개나 줄까?"

당과 장수는 별 기대 없이 당과 한 개를 들었다.

당연히 한 개를 살 거라고 생각하는 듯.

하지만, 설화는 기분 좋게 고개를 저었다.

"그냥 다 주세요."

"다라면……."

당과 장수의 눈이 한계까지 커졌다.

그때 설화가 씩 웃으면서 말했다.

"거기 있는 거 다요."

"그, 그런데 돈은 있는 거지?"

당과 장수가 설화를 위아래로 훑어봤다.

설화가 품속에서 전낭을 꺼내 흔들었다.

전낭이 찰랑거리며 경쾌한 소리를 내자, 당과 장수의 표정이 바뀌었다.

좌판을 통째로 내밀려는 당과 장수의 모습에, 설화가 말했다.

"그 대신 반값 어때요?"

"반값이라니? 내가 이거 팔아도 남는 게……."

"지금 보니 오늘 넘기면 버려야 할 것도 있고, 제가 직접 만들어 보니 반값에 팔아도 많이 남더라고요."

"당과를 판 적이 있다고?"

당과 장수가 눈을 크게 떴다.

설화의 말은 사실이었다. 장운현에 있으면서 당과는 원 없이 만들어 봤으니까.

놀라던 당과 장수가 허탈하게 웃으며 손을 내저었다.

"허허, 아무리 그래도 그렇지……."

한빈은 흥정하는 설화의 모습에 피식 웃었다.

세상에 물들었다고 해야 할지 아니면 살아가는 이치를 깨쳤다고 해야 할지, 설화는 제법 알뜰했다.

뭐, 당과를 통째로 다 사는 것이 알뜰한 것인지는 다시 생각해 봐야겠지만 말이다.

한빈이 설화가 흥정하는 모습을 재미있게 구경하고 있을 때였다.

당과 장수 뒤로 마차가 보였다.

정확히는 마차에 꽂힌 깃발이 문제였다.

한빈이 고개를 갸웃했다.

"사천당가?"

"네? 사천당가요?"

청화가 흥미롭다는 눈빛으로 반응했다.

사천당가는 경외심의 대상이었다.

한빈이 말했다.

"같이 가 볼까?"

"설화 언니는요?"

"설화는 아마도 시간이 조금 걸릴 것 같다. 설화 옆에 남으려면 남아도 된다, 청화야."

"공자님 따라갈래요. 사천당가 사람들은 아직 마주친 적이 없어 궁금해요."

"그래, 그럼 이리로……."

마차로 다가간 한빈이 매의 눈으로 주변을 살폈다.

마차의 주변에 남겨진 흔적이 이어진 곳은 근처 음식점이었다.

한빈은 청화와 함께 조용히 음식점 안으로 들어갔다.

음식점으로 들어간 한빈은 주위를 둘러봤다.

일 층은 아무도 없었다.

한빈이 점소이를 보더니 말했다.

"석화교가 잘 보이는 자리로 안내해 주게."

"이 층으로 가시면 고급 요리를⋯⋯."

점소이는 힐끔 한빈을 살폈다.

한빈이 그의 의도를 눈치 못 챌 리 없었다.

"내가 값싼 요리를 주문할 사람처럼 보이나 봐?"

한빈이 씩 웃으며 전낭을 흔들었다.

그곳에서는 설화가 흔들었을 때보다도 경쾌한 소리가 흘러나왔다.

쩔렁.

그 소리에 점소이가 재빨리 손을 내밀었다.

"이쪽으로 오시죠, 손님."

한빈 일행은 점소이의 안내를 받아 이 층으로 올라갔다.

순간 사천당가의 사람들로 보이는 무사들이 눈에 들어왔다.

화려한 무복을 입은 무사들이 고급 요리를 시켜 놓고 자리에서 대화를 나누고 있었다.

화려한 무복이라?

어찌 보면 무림세가와 어울리지 않는 복장이었다.

하지만, 사천당가의 무복은 무림세가 중에서는 가장 화려하다.

사람들은 이런 사천당가의 복장이 '화려한 꽃에는 독이 있다.'라는 강호의 속담을 증명하고 있다고 하기도 한다.

뭐, 맞는 말이긴 했다.

화려한 무복의 무인을 앞에 두고 있으면 묘하게 방심하게 되는 것은 사실이니까.

한빈은 그들의 눈길을 피해 청화와 함께 창가 쪽 자리에 앉았다.

점소이에게 요리를 시켜 놓고 아래를 힐끔 보니, 설화는 아직도 당과 장수와 흥정을 하고 있었다.

한빈은 시선은 창가로 돌린 채 사천당가 무사들의 말에 귀를 기울였다.

"와, 미치겠네. 공자님은 우리보고 그걸 어떻게 찾으라는 거야?"

"그러게, 손바닥만 한 가죽 주머니를 이 넓은 마을에서 어떻게 찾아?"

"아, 미치겠네. 아마 요리 나올 때 되면 우리 보고 밥 먹을 시간이 있느냐고 호통칠 거고."

"그래. 밥 먹을 시간에 석화교 주변이나 샅샅이 뒤지라고 할걸."

"그러니까. 밥 먹을 때는 개도 안 건드린다던데……."

"와, 이거 아무리 돈이 좋아도 못 해 먹겠네."

그들은 하소연을 늘어놓고 있었다.

그들의 대화를 듣던 한빈은 자신의 품속에 들어 있는 가죽 주머니를 떠올리며 주판알을 굴리기 시작했다.

그때였다.

갑자기 아래층에서 소란이 일어났다.

우당탕!

접시가 깨지고 탁자가 부서지는 소리가 급박하게 들려왔다.

한빈은 팔짱을 낀 채 소란에는 관심이 없는 듯 조용히 창밖을 바라봤다.

그때 하소연을 늘어놓던 사천당가의 무사들은 풀어 놨던 검을 허리에 차고 재빨리 계단 쪽으로 모였다.

무사 중 누군가가 소리쳤다.

"공자님이 위험하다, 모두 아래로!"

그 외침에 사천당가의 무사들이 후다닥 계단이 아닌 난간을 넘어 일 층으로 뛰어내렸다.

탁, 탁.

그들이 착지하는 소리가 소나기처럼 객잔 일 층에 울렸다.

그들이 들이닥치자, 문 쪽에서 다시 소리가 울렸다.

"어서 들어가서 대공자를 보호하라!"

"서둘러라!"

사천당가의 무사들이 아니라 상대편 무사의 목소리였다.

그 외침과 동시에 발소리가 객잔에 울렸다.

양쪽 합쳐 스무 명이 넘는 무사가 이동하자, 이 층이 출렁하고 울릴 정도였다.

한빈은 그제야 자리에서 천천히 일어났다.

이제 이 층은 텅텅 빈 상태.

한빈은 여유 있게 난간에 쪼그려 앉아 상황을 지켜보기 시작했다.

그때였다.

청화가 기어들어 가는 소리로 물었다.

"공자님, 배고픈데 저거 먹어도 돼요?"

그녀가 가리킨 곳은 사천당가의 무사들이 앉아 있던 자리였다.

그들이 있던 자리에는 지금 막 내온 고급 요리들이 놓여 있었다.

밑의 소란에도 점소이는 묵묵히 접시를 올려놓고 있었다.

접시를 다 올린 점소이는 재빨리 삼 층으로 피했다.

할 일은 하고 자리를 피한 점소이의 모습에, 한빈이 흐뭇하게 미소를 지었다.

그 미소의 끝에 한빈이 답했다.

"그래, 마음대로 먹어라."

"감사합니다, 공자님!"

"뭐, 내 돈도 아닌데……."

한빈의 대답이 끝나기도 전에 청화가 순식간에 사라졌다.

청화는 눈 깜빡할 사이에 사천당가 무사들이 있던 자리에서 나타났다.

어찌나 동작이 빠른지 한빈이 펼치는 구걸십팔보를 생각 나게 했다.

한빈은 어이없다는 표정으로 청화를 바라봤다.

지금 봐서는 딱히 도움이 필요할 것 같지는 않았다.

그때, 다시 밑에서 큰 목소리가 들렸다.

한빈은 청화를 보며 씩 웃었다.

지금 대치한 상황으로 봐서는 저 요리를 먹을 사람은 없을 것이 분명했다.

뭐, 돈은 사천당가 사람들이 다 치렀을 테니 굳이 청화를 말릴 필요는 없었다.

한빈은 청화에게 시선을 거두고 아래 상황을 살폈다.

사천당가 무사들의 앞에 서서 상대를 노려보고 있는 자는 서신을 전달하는 책임자로 보였다.

그는 씩씩대며 허리에 찬 검집을 꺼내 들며 말했다.

"왜 지나가는 사람을 건든 거지?"

질문을 던진 이는 이번에 사천당가에서 강북 쪽에 서식을 전하는 임무를 맡은 당기명이었다.

그 모습에 상대는 입꼬리를 올렸다.

상대가 입꼬리를 올리자 당기명은 고개를 갸웃했다.

사천당가의 깃발을 봤을 텐데도 어찌 저리 태연할 수 있단 말인가?

당기명은 상대를 살피기 시작했다.

상대는 자신보다 머리 두 개 정도가 컸으며, 오른손에 창을 들고 있었다.

창끝에는 날을 보호하는 가죽이 덮여 있었는데, 그곳에는 그들의 가문을 나타내는 문양과 한자가 적혀 있었다.

신창(神槍).

당기명이 눈을 가늘게 떴다.

신창이라고?

그 칭호를 쓸 수 있는 가문은 딱 한 곳이었다.

산서에 위치한 신창양가.

국가가 위험할 때는 가장 앞에 나서서 싸우는 충신 가문이었다.

신창양가의 창은 산동악가보다도 조금 더 앞선다는 것이 강호인들의 의견이었다.

그 명성에 비해 신창양가는 강북 오대세가에 이름을 올리지 못했다.

그 이유가 무엇일까?

그것은 가능하면 강호의 일에 끼어들지 않겠다는 그들의 자존심 때문이었다.

위국상창(爲國上槍).

즉, 나라를 위해서만 창을 든다는 것이 신창양가의 가훈이었다.

기존 강북 오대세가를 밀어내고 한 자리를 차지할 수 있으면서도 산서에 묻혀 수련에만 몰두하는 무림세가.

그것이 신창양가였다.

황제가 하사한 상방보검을 가주전에 쌓아 놓은 가문으로 알려져 있기도 했다.

그런데 그들이 왜 여기에?

하지만 의문도 잠시, 당기명은 상대의 비웃음을 참을 수 없었다.

일단 힘으로 누른 다음 차후 일을 생각한다!

그것이 당기명이 내린 결론이었다.

신창양가의 사내는 한쪽 입꼬리를 더 올리며 외쳤다.

"내가 건드렸나? 자네가 와서 내게 부딪힌 거지! 그런데 다짜고짜 날 보고 놈이라고? 간이 배 밖으로 튀어나온 놈이구나!"

말을 마친 그는 손에 들고 있는 창을 바닥에 찍었다.

쿵.

내공이 실렸는지 객잔 바닥을 뚫고 창대가 깊숙이 들어갔다.

창을 쓰는 무사는 그 상태에서 창을 잡은 손을 묘하게 뒤틀었다.

그러더니 창대가 회전하며 박혔던 바닥에서 스르륵 뽑혀 나왔다.

그 무사는 상대에게 한 수 보여 줬다는 표정으로 당기명을 노려봤다.

당기명은 힐끗 뒤를 봤다.

힘으로 제압하기에는 상대가 보여 준 한 수가 절묘했기 때문이다.

힘으로 바닥을 찔러 구멍을 낸다?

절정의 고수라면 누구나 가능할 일이었다.

문제는 그가 창으로 낸 구멍이었다.

구멍은 칼로 도려낸 것처럼 깔끔했다.

나무 창대로 저리 구멍을 내었다는 건?

상대는 초절정의 고수라는 소리.

그리고 창을 빼낸 수법도 보통이 아니었다.

창을 잡아 빼낸 게 아니라 창과 손바닥이 맞닿지도 않았다.

조법과 내공의 절묘한 조화.

거기에 무위보다도 더 놀라운 사실이 지금에야 기억났다.

당기명이 서찰을 전할 곳에는 신창양가도 있었다.

'아, 뭐 됐네.'

당기명은 속마음을 뱉지는 않고 입술만 달싹였다.

그들의 입씨름은 잠시 소강상태로 접어들었다.

이 층에서 신창양가의 무위를 본 한빈은 눈매를 좁혔다.

"양가조법이군."

"양가조법이요?"

귓가에 들려온 질문에 한빈이 고개를 쓱 돌렸다.

그곳에는 설화가 앉아 눈을 빛내고 있었다.

한빈은 이 층을 쓱 훑어봤다.

한빈이 있던 자리에는 당과가 가득 담긴 좌판이 통째로 놓여 있었다.

당과 장수와의 흥정에서 승리한 것이 분명했다.

설화가 당과 하나를 쓱 내민다.

"이거 드세요."

"그래. 고맙다, 설화야."

"별말씀을요, 공자님. 그런데 양가조법이 무슨 말이에요?"

"저 아래 사천당가와 대치한 이들이 아무래도 신창양가 사람처럼 보여서. 신창양가 사람들이 쓰는 조법이 양가조법이거든."

"창을 쓰는데 왜 조법이 필요하죠?"

"신창양가의 창법은 변초가 워낙 많아, 긴 창을 제어하기 위해서 특이한 조법을 사용한다고 들었거든."

"그럼 이 기회에 신창양가의 창법 좀 구경해야겠어요, 공자님."

"그래, 이제 곧 한판 붙으려나 보다."

"청화도 불러올까요?"

"지금 저기서 배 채우고 있으니 그냥 놔둬."

"그래도 불구경 다음으로 재미있는 게 싸움 구경인데……."

설화가 아쉬운 듯 입맛을 다셨다.

"그냥 두는 게 좋을 것 같다. 저렇게 잘 먹는데 먹는 거 말리다가 너희끼리 싸움 나면 어떻게 하려고……."

한빈이 막 농담을 던졌을 때였다.

다시 아래에서 소리가 들려왔다.

"같잖은 창법은 뭐에 쓰려고? 바닥을 뚫을 거면 방앗간에서 일하지, 왜 강호에는 나와서 스멀스멀 기어오르고 난리야!"

아무리 당기명 자신이 서찰을 전해야 할 신창양가라도 일단은 상대의 기를 꺾기로 한 모양이었다.

당기명의 외침에 신창양가 무사의 눈썹이 꿈틀댔다.

그 무사의 이름은 양예신.

신창양가의 대공자였다.

그는 가문에 일어난 일을 해결하기 위해 하북 땅을 밟았다.

그런데 목적지를 눈앞에 두고 길거리에서 시비를 붙은 것이다.

지도를 보며 가다 살짝 어깨가 부딪혔는데, 상대는 다짜고짜 사과하라고 닦달을 했다.

양예신은 가볍게 사과를 했다.

그는 그 정도 양보했으면 끝날 일이라 안심하고 가던 길을 가려 했다.

그러나 그가 사과를 했음에도, 상대는 무릎까지 꿇으라 했다.

하나 신창양가는 황제의 앞에서만 무릎을 꿇는다.

신창양가의 대공자인 자신을 모욕하는 것은 가문뿐 아니라 나라를 모욕하는 것이라 생각했다.

양예신이 외쳤다.

"스멀스멀 기어 나오다니? 보아하니 사천에서 온 당씨 성을 쓰는 양반 같은데 체통을 지키는 것이 어떠한가!"

"내가 사천당가인 줄 알면서 이렇게 나오신다는 거지? 입만 살아서는, 쯧쯧."

당기명이 다시 도발하자, 양예신이 피식 웃으며 답했다.

"입만 살았다고?"

"거기 좋은 창 놔두고 왜 입만 나불거리지?"

"관을 봐야 눈물을 흘리겠구나. 계집애 같으니라고……."

양예신은 말을 맺지 못했다.

갑자기 당기명이 흥분해서는 검을 뽑아 들었기 때문이다.

당기명은 일직선으로 검을 찔러 들어오며 외쳤다.

"계집애라고? 죽어!"

계집애란 말에 흥분한 듯한 당기명.

짧게 외친 당기명은 양예신의 품 안으로 파고들었다.

쳉!

양예신은 당기명의 검을 가볍게 쳐 냈다.

그때 위쪽에서 목소리가 들려왔다.

―보통 사천당가의 첫수는 허초지. 저 상황이라면 아마도 호접비(胡蝶飛)를 날릴걸…….

그 목소리에 양예신이 재빨리 오른쪽으로 돌았다.

정체불명의 목소리대로, 자신이 있던 자리로 호접비가 지나갔다.

양예신은 자신도 모르게 눈을 크게 떴다.

누군가가 자신을 도와주고 있는 것이었다.

호접비는 당문의 기본 암기로 나비를 본뜬 암기.

호접비가 무서운 것은 빨라서가 아니었다.

호접비는 나비가 날듯 펄럭이며 천천히 날아가는 암기였다.

상대를 막았다고 생각하고 반격의 일수를 날리려고 할 때, 갑자기 눈앞에 나타나는 암기를 막을 수 있을까?

물론 상대보다 고수라면 가능하다.

하지만, 동수를 이루었을 때는 그 공격에 힘없이 당할 수밖에 없었다.

지금 양예신이 그 짝이 날 뻔했다.

반면, 당기명은 눈을 가늘게 떴다.

위쪽을 올려다봤지만, 사람의 기척은 느껴지지 않았다.

지금 당기명이 호접비를 날린 수법은 편편기무(翩翩起舞)라

는 수법이었다.

호접비가 당가의 기본 암기이긴 해도, 나비가 꽃 위에서 펄럭이는 듯 흩날리는 편편기무의 수법은 당가의 상승 암기술이었다.

치명상은 아니지만, 이번 공격이 적중했다면 승부는 깨끗이 끝났을 것이다.

이후 기분 좋게 양보하는 듯 뒤로 빠지면 모양새도 좋았을 것.

그런데 누군가 자신의 수법을 상대에게 알려 준 것이었다.

그때 당기명의 귀에 다시 정체불명의 음성이 들려왔다.

―신창양가라면 저렇게 암기를 피한 후에는 다리를 노릴 거야. 아마도 발초심사(撥草尋蛇)의 수법을 쓸 테지.

그 말을 들은 당기명은 자신도 모르게 공중으로 솟아올랐다.

붕!

때마침 창이 아래를 쓸고 지나갔다.

그때 들리는 급박한 음성.

―풀을 뽑았으니 뱀의 머리를 치기 위해 위쪽으로 올 테지…….

그 말을 듣자마자 당기명은 재빨리 천근추의 수법으로 무게중심을 아래로 내렸다.

탁!

*비명가
검술천재*

아래로 착지하자 이번에는 머리 위쪽에서 창대가 파공성을 내며 지나갔다.

붕!

위기를 넘긴 당기명은 재빨리 품속에서 다른 암기를 꺼냈다.

그렇게 첫수를 서로 교환한 당기명과 양예신은 서로를 노려본 채 간격을 좁혔다 넓혔다를 반복했다.

죽일 듯 상대를 바라보고 있었지만, 그들은 서로 먼저 공격하지는 못했다.

자신을 위기에서 구해 준 자가 아군인지 적군인지를 몰랐기 때문이다.

자신만 구한 것이 아니라 상대도 구했기에, 저 고수가 아군이라 확신을 내리지 못한 것이다.

그렇다고 싸움을 멈출 수는 없었다.

상대에게 눈을 떼는 즉시 이 대결의 승패는 결정 날 것이 뻔했다.

그들이 서로를 노려보고 있을 때, 한빈이 입맛을 다셨다.

그때 설화가 아래에는 들리지 않을 목소리로 말했다.

"공자님, 왜 저들을 구해 주신 거예요?"

"네가 뭐랬어?"

"뭐가요?"

"제일 재미있는 게 불구경 다음 싸움 구경이라고 했잖아."

"그게 왜요?"

"옛말에 그런 말이 있지, 싸움은 붙이고 흥정은 말리라고……."

"아, 그게 무슨 말이에요?"

"어쨌든 이번 싸움은 붙여야 돼."

"저도 도와드릴까요?"

"저 정도면 쉽게 끝나지는 않을 것 같고 일단 챙겨!"

"챙기다니요?"

"저것들 다."

한빈이 사천당가의 무사들이 있던 자리를 가리켰다.

설화가 고개를 갸웃했다.

한빈이 가리킨 곳에는 허겁지겁 접시를 비우고 있는 청화밖에는 없었다.

설화는 청화를 챙기라는 건가 싶어 재빨리 걸음을 옮겼다.

청화에게 다가간 설화는 입을 탁 벌렸다.

얼마나 놀랐는지 턱관절이 삐걱거릴 정도였다.

창문으로 들어오며 청화가 접시를 비우고 있는 것을 얼핏 보긴 했었다.

하지만 단시간 내에 접시가 이렇게 깨끗하게 비워질 줄은 몰랐었다.

설화는 설마 하는 마음으로 물었다.

"청화야, 혹시 이 요리들을 벌써 해치운 거니?"

"네, 맞아요. 혹시 제가 잘못을……."

청화가 마치 죄지은 듯 말끝을 흐리며 설화를 바라봤다.

설화는 한빈이 해 준 이야기를 떠올렸다.

공독지체가 되면 기억부터 신체까지, 갓 태어난 아이로 돌아간다고 했다.

그때부터 완벽한 공독지체로 성장해 나간다고 했다.

완벽한 성장이 이루어질 때까지의 시간은 대략 삼 년.

거기에 더해 부작용도 모른다고 했다.

무림 역사상 공독지체를 이룬 독인은 아무도 없으니까.

그게 한빈이 전한 말이었다.

청화의 폭식이 공독지체의 부작용이라 생각하니 설화는 왠지 서글퍼졌다.

"그게 아니라……."

설화가 슬쩍 말끝을 흐렸다.

그때 한빈이 뒤에서 나타났다.

"설화야, 빨리 챙기라니까."

"그러지 않아도 지금 막 청화를 챙기려고 했어요."

"청화를 왜 챙겨?"

"공자님이 청화를 챙기라고 하셨잖아요."

"내가 언제? 두 다리 멀쩡한 청화를 왜 챙겨?"

"그럼 말씀하신 게……."

"됐다. 내가 알아서 챙기는 게 좋겠다."

한빈은 사천당가 무사들이 앉았던 뒤쪽을 바라봤다.

그러고는 한 치의 망설임도 없이 그곳으로 달려갔다.

동작이 어찌나 민첩한지 설화의 눈으로는 움직임을 따라 잡을 수 없을 정도였다.

한빈이 짐을 앞에 두고는 쓱 훑어봤다.

그러다가 짐 꾸러미 하나를 집더니 설화에게 던졌다.

"설화야, 받아라."

휙, 탁.

설화가 짐을 공중에서 낚아채며 고개를 갸웃했다.

"공자님, 이거 사천당가 물건이잖아요."

"그래, 사천당가 거 맞아."

"그런데 왜……."

"강호에 네 거 내 것이 어디 있어? 집는 놈이 임자지."

"아무리 그래도……."

설화가 놀란 눈으로 말끝을 흐렸다.

설화가 지금 황당해하는 것은 한 가지였다.

그 누구도 사천당가의 짐은 안 건드린다는 것이 무림의 암묵적인 규율.

무서워서 피하는 것이 아닌, 더러워서 피한다는 게 강호의 정설이다.

속사정을 들여다보면 사천당가의 뒤끝과 짐 속에 들어 있

을 독을 겁내기에 건들지 않는 것이지만, 그래도 이 규율은 제법 오랜 시간 동안 지켜져 왔다.

그런데 한빈이 그 규율을 깨뜨리려 하니, 설화는 당황스러웠다.

설화가 살짝 입을 벌리고 있을 때, 눈을 가늘게 뜬 한빈이 짐 하나를 더 집었다.

이번에는 청화를 바라봤다.

"청화야, 다 먹었으면 힘 좀 써야지."

획!

한빈이 던진 짐 꾸러미가 빠른 속도로 날아왔다.

하지만 청화는 아무렇지 않게 잡았다.

탁.

그 모습에 설화가 눈을 크게 떴다.

청화가 웬만큼 무공을 회복한 것 같아서였다.

한빈은 남은 짐을 쓱 훑어보더니 그중 하나를 어깨에 걸쳐 멨다.

그때 일 층에서는 다시 병장기 부딪치는 소리가 들려왔다.

챙! 챙!

그 소리에 설화가 눈을 가늘게 뜨며 물었다.

"다시 시작했는데요. 더 구경해야 하는 거 아니에요?"

"확인해야 할 건 다 확인했으니, 어서 가자."

창가 쪽 원래 있던 자리로 돌아간 한빈은 설화가 사 온 당

과가 담긴 판을 집었다.

그러고는 창밖으로 뛰쳐나갔다.

탁, 탁, 탁!

세 명이 동시에 객잔 밖으로 뛰어내렸다.

힐끔 주위를 살펴보니, 객잔 밖에는 저잣거리의 사람들이 몰려들어 있었다.

안쪽의 싸움이 벌어지는 소리에 호기심이 동한 사람들이 객잔의 문 앞에 모여 있던 것이다.

하지만 문을 열고 들어가는 사람은 없었다.

강호인의 싸움에 끼어든다는 것은 자살행위임을 아는 것.

게다가 안쪽에서 싸우는 무리 중 하나가 사천당가라는 것을 몇몇이 알고 있는 상태였다.

그 때문에 사람들은 안쪽 상황이 궁금해도 고개를 들이밀 수가 없었다.

괜히 얼굴이라도 내밀었다가 독이 든 암기에 당한다면?

누굴 원망할 수도 없었다.

무림인끼리 벌어진 싸움을 구경하다가 다친다면, 관아에 하소연해도 구제받을 길은 없었다.

"누가 문 좀 열어 보지?"

"괜히 열었다가 해코지라도 당하면 어떻게 하려고."

"아, 궁금한데……."

그때 마을 사람들의 호기심에 대답이라도 하듯, 병장기 울

리는 소리가 흘러나왔다.

챙, 챙.

그때마다 객잔 앞에 모인 사람들의 어깨가 움찔댔다.

공포와 호기심 사이에서 갈등하고 있는 것이다.

한빈은 그들을 뒤로한 채 조용히 돌아섰다.

사람들이 객잔에 진을 치고 있는 덕분에, 한빈은 눈에 띄지 않고 자리를 빠져나올 수 있었다.

한빈이 앞장서 걷자 설화가 물었다.

"공자님, 어디 가세요?"

"일단 이거 받아라, 설화야."

한빈은 씩 웃으며 당과가 담긴 판을 건넸다.

아무 말 없이 걸어가던 한빈이 멈춘 곳은 마차의 앞이었다.

설화가 마차를 살피다가 눈을 크게 떴다.

사천당가라고 쓰여 있는 깃발이 너무 선명했던 것이다.

한빈은 설화의 표정에는 아랑곳하지 않고 마차를 살폈다.

누가 보면 마차의 주인인 줄 착각할 정도로 자연스러운 모습에, 청화도 놀란 표정을 지었다.

마차를 한참 살피던 한빈이 마차 문고리를 잡았다.

뒷문을 연 한빈이 말했다.

"짐은 일단 여기에 넣어 둬."

한빈의 말에 설화가 반사적으로 마차 안에 짐을 넣었다.

설화는 짐을 넣고 나서야 의문을 뭉실뭉실 피워 올리며 한빈을 바라봤다.

뒤이어 청화도 짐을 던졌다.

청화는 아무런 의심 없이 임무를 완수했다는 듯 어깨에 힘을 잔뜩 주고 있었다.

설화의 의문은 간단했다.

사천당가의 짐을 훔쳤는데 사천당가의 마차에 짐을 다시 넣어 두라고?

설화는 한빈의 의도가 이해되지 않았다.

고민도 잠시, 설화는 일단 마음을 놓았다.

'그래, 사천당가와 분란을 일으키려고 하는 건 아닐 거야!'

설화가 속으로 안도의 한숨을 삼키고 있을 때, 한빈이 말했다.

"설화야, 마차는 몰 줄 알지?"

"……."

설화는 고개를 갸웃했다.

마차라?

주위를 둘러봤다.

물론 마차는 몰 줄 알았다. 그런데 이곳에는 사천당가의

마차밖에 없지 않은가?

설화가 마차에 꽂힌 사천당가의 깃발을 바라보자, 한빈은 아무렇지 않게 깃발을 뽑아 바닥에 던졌다.

탁.

그러고는 설화를 보며 말을 이었다.

"이러면 사천당가의 마차라는 것이 표시가 안 날 거 아니야."

"아, 네……."

설화가 떨떠름한 표정으로 고개를 끄덕였다.

그때 청화가 말했다.

"저도 마차 몰 줄 알아요, 공자님."

"잘됐네, 덕분에 일거리가 줄어들겠어."

한빈이 흡족한 표정으로 미소를 지었다.

그러고는 설화를 바라봤다.

한빈의 눈빛을 바라본 것만으로도, 설화는 지필묵이 든 보따리를 구해 왔다.

종이를 펼친 한빈은 종이에 지도를 그리기 시작했다.

똑같은 지도를 두 장 그린 한빈은 그중 하나를 설화에게 전했다.

"이 마차는 여기에 가져다 놓도록."

"네, 알았어요. 공자님."

"그래, 그럼 수고하고."

"혹시 마차 갖다 놓고 저는 어디로……?"

"어디긴, 마차 지켜야지."

"지키다니요?"

"나 말고 다른 놈이 마차로 접근하면……."

한빈이 목을 긋는 시늉을 하자, 설화가 활짝 웃으며 고개를 끄덕였다.

"네, 명심할게요."

말을 마친 설화가 지도를 다시 확인하더니 말고삐를 움켜잡았다.

"이럇!"

따가닥, 따가닥.

말발굽 소리가 점점 멀어져 잔잔해지자, 한빈이 주위를 두리번거리기 시작했다.

그러고는 어딘가를 향해 걸어갔다.

한빈이 멈춘 곳은 신창양가의 깃발이 꽂힌 곳이다.

깃발이 꽂힌 마차를 본 한빈은 고개를 갸웃했다.

사천당가의 마차와는 달리 소박하기 이를 데 없는 마차였다.

사천당가의 마차가 편하게 여행을 위해 만들어진 것이라고 한다면, 신창양가의 마차는 마치 짐수레 같았다.

마치 전쟁 물자를 나르는 듯한 큼직한 수레처럼.

지붕만 없다면 뭐, 수레라고 불러도 되었다.

거기에 걸맞게 두 마리의 말이 마차를 끌고 있었다.

한빈은 주저 없이 지도를 청화에게 건넸다.

"찾아갈 수 있겠어?"

"이거 아까 지도하고 같은 곳이죠?"

"그래, 그런데 이쪽 지리도 잘 모르고⋯⋯."

한빈은 뒷말을 삼켰다.

청화의 정신 상태는 아직 완벽하지 않았다.

하지만, 그것을 말할 수는 없었기에 살짝 의문을 가지고 청화를 바라봤다.

"걱정 마세요, 공자님."

청화가 담담하게 답하자 한빈이 고개를 갸웃했다.

"지도를 보고 찾아갈 수 있다고?"

"아니요, 냄새를 맡고 찾아갈 수 있을 것 같아요. 설화 언니가 간 곳이 저쪽 맞죠?"

청화가 설화가 향하고 있을 지점을 가리켰다.

한빈이 눈을 가늘게 떴다.

아무래도 이것도 부작용인 것 같았다.

후각만을 본다면 한빈을 넘어서는 능력이었다.

의문도 잠시, 한빈은 청화의 머리를 쓰다듬었다.

"그래, 맞다."

"그럼 빨리 언니 따라갈게요."

청화가 천진난만한 웃음을 짓고는 말고삐를 틀어쥐었다.

한빈은 그녀에게 손바닥을 보이며 제지했다.

"잠시만 기다려."

"공자님, 왜요?"

"이건 뽑고 가야지."

한빈은 사천당가의 마차와 마찬가지로 신창양가의 깃발도 뽑았다.

그러고는 아무렇지 않게 바닥에 던졌다.

툭.

청화가 물었다.

"이제는 가도 되나요?"

"그래, 가도 된다."

한빈이 고개를 끄덕였다.

고삐를 잡은 청화의 표정은 왠지 즐거워 보였다.

입꼬리를 실룩이는 것이 야생마 같았다.

마차를 모는 야생마라?

한빈은 청화를 보며 웃었다.

뭐, 조금 표정이 이상하기는 해도, 말고삐를 잡는 모습은 꽤 믿음직스러웠기에 한빈은 마음 놓고 손을 흔들었다.

하지만, 다음 모습에 한빈은 입을 벌려야 했다.

평소와는 다른 청화의 모습 때문이었다.

"이랴-잇!"

청화의 손이 억척스럽게 말고삐를 잡아당겼다.

휘–잉.

말이 투레질하며 앞발을 치켜들었다.

그것도 잠시 쏜살같이 말이 질주하기 시작했다.

드드득.

마차 바퀴가 굉음을 내며 관도를 질주하기 시작했다.

힐끔 주변을 보니, 사람들은 모두 객잔 쪽에 모여 있어서 청화가 모는 신창양가의 마차를 주목하는 이는 아무도 없었다.

한빈은 다시 객잔으로 돌아갔다.

물론 붉은색 무복 그대로 돌아간 것은 아니었다.

행낭에 들어 있던 옷으로 갈아입고 수염을 붙였다.

그 수염은 이무명이 붙인 수염과 비슷한 수염이었다.

이무명이 변장용으로 사용하는 수염도 한빈이 구해 준 것이니 같을 수밖에 없었다.

한빈은 허름한 청색 무복을 입고 수염을 붙인 채 어슬렁어슬렁 객잔 입구로 걸어갔다.

객잔의 입구는 철옹성처럼 닫혀 있었다.

빗장이 채워져 있는 것은 아니지만, 그 누구도 그 문을 열 생각을 못 했다.

뭐, 한빈이 아까 떠나오던 상황 그대로였다.

한빈은 수염을 한번 쓸어내리더니 객잔의 문고리를 잡았다.

그 모습에 마을 사람 중 하나가 깜짝 놀라 물었다.

"지금 뭐 하십니까? 문을 열었다가 암기라도 튀어나오면 어떻게 하시려고 합니까?"

나무라듯 한빈을 말리는 중년 사내.

중년 사내는 겉으로 보기에는 무림인처럼 보일 정도로 건장했다.

짙은 눈썹에 건장한 체구.

거기에 팔뚝에는 힘줄이 돋아나 있는 것이, 힘깨나 쓸 법한 인물이었다.

딱 보니 무림인은 아니지만, 삼재검법 정도는 익힌 듯 보였다.

한마디로 강호에 관심이 많은 인물이라는 것.

그가 사람들을 못 들어가게 막고 있는 것 같았다.

어찌 보면 탁월한 선택이었다.

만약 문을 열어 놓고 구경했다면, 사천당가와 신창양가의 대결 특성상 구경하던 사람 중 몇은 의원당에 실려 갔을 것이 분명했다.

그만큼 둘의 대결은 치열하게 진행되고 있었다.

챙. 챙.

아직도 병장기 부딪치는 소리가 치열하게 들렸다.

한빈은 둘 중 누구도 다치는 것을 원하지 않았다.

그래야 한빈의 계획대로 그들을 이끌 수 있었다.

그때 건장한 체구의 사내가 눈썹을 꿈틀대며 묵직한 목소리로 말을 이었다.

"이보슈, 말이 안 들립니까?"

"⋯⋯."

한빈은 대답 대신에 잔잔한 웃음을 피우며 중년 사내를 바라봤다.

"⋯⋯."

중년 사내는 더는 재촉하지 않고 한빈을 물끄러미 바라봤다.

한빈에게서 묘한 기세가 느껴졌기 때문이다.

물론 한빈이 반박귀진을 풀었기에 느낄 수 있던 것이었다.

사내의 표정을 본 한빈은 그제야 입을 열었다.

"안의 상황이 궁금한가?"

한빈의 말투가 바뀌었다.

"⋯⋯."

사내가 뭐라 대답해야 할지 몰라 입술을 달싹였다.

사내는 입술을 달싹일 뿐 목소리를 내지는 않았다.

갑자기 흘러나오는 기세와 눈빛이 상대가 보통 고수가 아님을 말해 주고 있었기 때문이다.

그 모습에 한빈이 조용히 말했다.

"세상에 공짜는 없는 법."

"그게 무슨 말씀인가요?"

"안쪽 대결이 보고 싶으면 철전 다섯 닢."

한빈이 손가락을 펴자 사내는 아무 말도 못 했다.

"……."

사내는 무슨 뜻인지 알 수 없었다.

그때 한빈이 씩 웃으며 엄지와 검지로 동그란 모양을 말아 보였다.

그 모습에 사내는 반사적으로 품 안에서 철전을 꺼냈다.

그 모습에 한빈이 손을 저었다.

"아니, 자네 말고."

"그럼요?"

"일단 이거 받아."

한빈이 건넨 것은 바가지였다.

땟국물이 잘잘 흐르는 것이, 누가 봐도 거지의 물건이었다.

사내는 한빈을 힐끔 봤다.

덥수룩한 수염에 무복이 허름하긴 해도 분명히 거지는 아니었다.

그런데 동냥 바가지를 건넨 이유는 과연 무엇일까?

사내는 고개를 갸웃하며 한빈을 바라봤다.

하지만, 질문을 던지면 한 대 쥐어 터질 것 같은 느낌이 스멀스멀 기어 올라왔다.

사내의 표정을 본 한빈이 말했다.

"일단 이 비무를 구경할 사람만 남기고 나머지 사람들은 다 돌려보내. 그리고 구경값은 거기에 받으면 되고."

"제가 왜 이걸……."

"내게 가장 먼저 다가온 자가 자네니까. 이름이 뭐지?"

"아, 그런 이유로……. 장오라고 합니다요."

"장오라, 좋은 이름이군……."

한빈은 장오를 보며 살짝 눈매를 좁혔다.

장오란 이름은 이전에 들어 본 적이 있었다.

물론 강호에 이름이 나 있는 인물은 아니었다. 단지 적혈맹호대의 장삼에게서 들었던 것이 전부였다.

장삼이 자신의 속을 썩이는 동생 하나가 있다고 하소연한 일이 있었다.

그 동생의 꿈은 놀고먹는 것이라고 했다.

장삼은 목숨을 걸고 칼을 휘두르는데, 동생은 아직도 노모의 등골을 빨고 있다고 했다.

멀쩡한 허우대와 제법 험악한 인상.

아무래도 그 장오가 눈앞에 있는 녀석이 분명했다.

뭔가 결심한 한빈의 표정이 순식간에 바뀌었다.

한빈은 사람 좋은 얼굴로 장오를 바라봤다.

"이 일 끝나면 나중에 한번 놀러 오고."

"그게 무슨 말씀인지요?"

"묻지 말고, 일단 실시."

한빈의 말에 장오는 구경꾼들 사이를 누볐다.

"구경하고 싶은 사람은 철천 다섯 닢이요."

쩔그랑, 쩔그랑.

철전 떨어지는 소리가 기분 좋게 울렸다. 사람들은 한빈을 바라보기 시작했다.

한빈은 객잔의 문고리를 잡고 구경꾼들에게 말했다.

"날아오는 암기는 내가 책임질 테니 안심하고 구경해도 좋소!"

한빈의 외침에 구경꾼들은 술렁였다.

"사천당가의 무공을 볼 수 있는데, 철전 다섯 닢이면 싼 거지."

"아무렴, 어딜 가서 사천당가의 무공을 보나."

"그러게 말일세."

그때 한빈이 문을 열었다.

끼익.

객잔의 문이 비명을 지르며 열렸다.

문이 열리자 구경꾼들의 눈이 커졌다.

객잔 문의 안쪽에 빼곡히 박힌 암기들이 구경꾼들의 눈에 들어왔다.

그만큼 그들의 대결이 치열했다는 것이었다.

그 치열했던 흔적들은 본 구경꾼들의 눈은 두려움으로 가득 찼다.

덕분에 술렁임은 동시에 침묵으로 바뀌었다.

침묵도 잠시, 사람들은 하나둘 일어나기 시작했다.

자리를 떠나는 사람들은 아쉬움을 토해 냈다.

"저거 맞으면 죽는 거 아니야? 목숨 걸고 보느니 자리를 뜨는 게 낫지."

"자네 말이 맞네. 저 사람을 어떻게 믿고 구경을 해?"

누군가는 상대의 혼잣말에 대꾸를 해 줬다.

"그런데 우리가 돈을 왜 낸 거지?"

"그러게? 홀린 듯 냈지만, 아깝네."

떠나가는 구경꾼들은 웅성대며 장오를 바라봤다.

돈을 돌려받고는 싶지만, 이쪽 저잣거리에서 힘깨나 쓰는 장정인 장오에게 돈을 돌려달라 말할 용기는 나지 않았다.

사람들이 억울함에 혀를 차고 있을 때였다.

한빈은 아무렇지 않게 안쪽 문에 박힌 암기를 빼냈다.

장오가 든 동냥 바가지에 암기를 던져 넣은 한빈이 말했다.

"사천당가가 부자라더니 맞는 말이긴 하군."

한빈의 혼잣말에 옆에 있던 장오가 물었다.

"그게 무슨 말씀인지요?"

"이 암기를 봐."

"암기가 왜요?"

"이 암기가 얼마나 할 것 같나?"

"글쎄요?"

"이 호접비와 그 옆에 은사침만 합쳐도 한 삼 년은 일 안 해도 먹고살 거야."

"삼 년이라고요?"

그때였다.

날카로운 파공성이 장오의 귓전에 울려 퍼졌다.

피슝!

힐끔 고개를 돌린 장오의 눈에 암기가 들어왔다.

암기는 뱀처럼 흐물거리며 장오를 향해 날아왔다.

암기를 본 순간 든 생각은 하나였다.

'이제 끝이구나.'

그때였다.

푸른색 천이 눈앞을 가렸다.

이어서 들리는 소리.

탁.

장오는 정신을 차리고 한빈을 바라봤다.

한빈의 손에는 뱀처럼 생긴 은침이 들려 있었다.

바가지 안에 든 은사침과 같은 것이었다.

한빈은 아무렇지 않게 하나 더 늘어난 은사침을 바가지에

던져 넣었다.

그때였다.

구경꾼 중 하나가 외쳤다.

"와, 고수다!"

그 외침에 객잔 앞을 떠나려던 구경꾼들이 자리로 돌아왔다.

한빈은 그들에게는 눈길도 주지 않고 아무렇지 않게 문 옆에 몸을 기댄 채, 눈앞에 벌어지는 비무를 구경했다.

당기명은 지금 미칠 지경이었다.

처음에 호접비가 적중했으면 끝났을 대결이었다.

그런데 정체 모를 고수의 훈수로 대결이 길어지고 있었다.

그렇다고 그 고수를 원망할 수도 없는 것이, 본인도 그의 훈수로 위기를 넘겼다.

문제는 그가 지금 가지고 있는 암기가 동이 나고 있다는 점이었다.

당기명은 검집을 잡았다.

당기명을 상대하고 있던 양예신은 눈매를 좁혔다.

검이 아니라 검집을 움켜잡은 것은 이상한 일이었다.

그때였다.

그의 귓전에 다시 익숙한 목소리가 들려왔다.

─폭우신침(暴雨辛針)이라, 한여름에 맞는 소나기는 시원하나, 한겨울에 맞는 소나기는 어떤 무기보다도 맵기 마련이지…….

양예신은 재빨리 뒤쪽에 있는 수하들에게 외쳤다.

"피해!"

그의 외침에 수하들이 사방으로 흩어졌다.

동시에 당기명이 들고 있던 검집에서는 조그마한 철침이 쏟아져 나왔다.

파파팍.

벽에 박히는 암기에 자리를 피한 무사들은 어깨를 가늘게 떨었다.

사천당가의 무서움은 바로 지금처럼 불특정 다수를 향한 공격이었다.

한 사람만 노린다면 피하는 것은 그리 어렵지 않다.

그런데 이런 식으로 대상이 아닌 공간에 공격을 퍼붓는다면?

생각만 해도 아찔한 상황.

그때 조금 전 객잔의 문이 열렸던 것이 기억났다.

사람들의 웅성거리는 소리도 들렸고.

그러고 보니 자신에게 훈수를 뒀던 이의 목소리도 문 쪽에서 흘러나왔다.

무심코 문 쪽을 보던 양예신은 다급하게 고개를 돌렸다.

사천당가의 고수와 겨루고 있다는 것이 이제야 기억난 것이었다.

고개를 돌려 상대를 찾은 양예신의 눈이 커졌다.

검집을 이용해 암기를 쏘아 낸 상대도 더는 공격하지 않은 채 눈을 크게 뜨고 있었기 때문이다.

양예신은 상대가 바라보는 곳을 확인했다.

그곳에는 푸른 무복의 사내가 문 옆에 기대어 객잔 안을 바라보고 있었다.

그런데 사천당가의 고수가 놀랄 이유는 그 어디에도 없었다.

양예신은 창을 거두고 사천당가의 당기명이 무엇을 바라보는 것인지를 찾기 시작했다.

이것은 숨은그림찾기와도 같았다.

얼룩덜룩한 먹물 위에서 그림을 찾아야 하는 놀이.

그것도 잠시, 양예신의 눈도 커졌다.

푸른 무복을 입은 사내의 오른손을 보았기 때문이다.

사내는 사천당가의 고수가 폭우신침으로 쏘아 낸 철침들을 한 주먹 쥐고 있었다.

푸른 무복의 사내는 아무렇지도 않게 누군가 들고 있는 동냥 바가지에 철침을 쏟아 냈다.

'뭐지?'

그의 머릿속에 의문이 계속 쌓여 갔다.

강호에서 가장 무서운 것은 정체를 모르는 적이었다.

앞에 있는 푸른 무복의 사내는 사파일 수도 있고 최악의 경우, 마교일 수도 있었다.

문제는 그가 자신보다 고수라는 것.

사천당가의 고수가 지금 움직이지 못하는 이유도 마찬가지일 것이다.

양예신은 팔을 벌려 창을 세웠다.

동시에 수하가 달려와 양예신의 창을 잡았다.

창대를 놓은 양예신이 포권하며 말했다.

"제게 가르침을 주셔서 감사합니다. 저는 신창양가의 양예신이라고 합니다. 어르신의 존성대명을 여쭤도 될는지요?"

정중한 질문이었다.

뒤쪽에서 눈을 크게 뜨고 지켜보던 당기명은 입을 떡 벌렸다.

'가르침이라니?'

그러고 보니 상대와 자신의 수를 훤히 꿰뚫어 보고 훈수를 두던 고수의 존재가 기억났다.

'그렇다면?'

눈앞에 있는 허름한 푸른 무복의 사내가 바로 훈수를 두던 그 고수라는 것.

당기명도 포권했다.

"저는 사천당가의 당기명이라고 합니다. 어르신의……."

당기명은 짧게 자신의 이름을 소개했다.

푸른 무복의 사내의 이름을 물으려다가 재빨리 자신의 입을 막았다.

양예신이 존성대명을 물었는데, 자신이 똑같이 묻는다면 실례라는 것을 깨달은 것이다.

말을 마친 당기명은 이 층과 푸른 무복의 사내를 번갈아 봤다.

그러고는 짤막하게 혼잣말을 토해 냈다.

"혜광심어?"

당기명의 말에 앞쪽에 있던 양예신도 눈을 크게 떴다.

그도 이제야 기억이 난 것이다.

이 층에서 울리던 목소리가 어떻게 문 앞에서도 들릴 수 있을까?

화경, 그중에서 십 경 이상에서만 구사할 수 있다는 수법.

상대의 머릿속에 목소리를 각인시킬 수 있다는 바로 그 전설의 전음 수법이 바로 혜광심어였다.

물론 그것은 착각이었다.

하지만 한빈은 반박하지 않았다.

그윽한 미소를 입에 머금고 있을 뿐이었다.

이들을 신창양가와 사천당가라는 무림세가의 직계들.

이들을 자신의 손바닥 위에 올려놓기 위해서는 꽤 정성을

들여야 한다는 것은, 한빈도 알고 있었다.

그래서 그들의 대결에 끼어들어 훈수도 늘어놨고 이렇게 극적으로 모습을 드러냈다.

전생에 귀검대에는 신창양가 출신도 있었고 사천당가 출신도 있었다.

귀검대 내부에서 매일 벌어지는 서열 전쟁 덕분에 웬만한 무가의 초식은 눈 감고도 막을 수 있을 정도다.

여기까지는 운이었고, 수확을 하기 위해서는 이제부터가 중요했다.

의도는 크게 세 가지였다.

가장 중요한 첫 번째 의도는 그들의 머릿속에 위기의식을 심어 놓는 것이었다.

그래야 사천에 진을 치고 기다리는 흑막을 깨부술 수 있었다.

그다음으로는 대의명분과 빚이라는 두 개의 올가미로 그들을 잡아 놔야 한다는 점.

마지막으로, 한빈은 사천당가와 신창양가를 시험해 보고 싶었다.

전생의 기억으로 위씨세가의 밑으로 가장 먼저 기어 들어가는 것이 두 가문이었다.

사천당가는 위씨세가와 같은 강남 오대세가의 한 축이니 이해하지만, 신창양가는 당시 모두가 고개를 저었었다.

이것은 전생의 기억.

이제부터는 그 원인을 파악해서 막아야 했다.

상대의 전력을 자신의 전력으로 만든다라?

이것은 매력적인 전술이었다.

그러자면 한빈도 흑막의 한 축이 되어야 했다.

사천에서 벌어질지 모르는 일대 격전은 흑막과 흑막의 대결이 되어야 했다.

흑막이 왜 흑막이겠는가?

정체를 모르니 흑막이라 부르는 것이다.

상대가 정체를 드러내지 않았는데, 이쪽도 드러낼 수는 없는 일이었다.

사천당가에서 벌어질 무가지회에서 성과를 얻고.

사천에서 기다리고 있는 흑막을 깨는 두 가지 일에는 다른 무가들의 힘이 절대적으로 필요했다.

한빈은 지금 그 초석을 다지고 있는 것이었다.

한빈은 무심한 눈길로 객잔 안을 들여다봤다.

객잔 안은 둘의 대결로 아수라장이 되어 있었다.

일 층에는 멀쩡한 탁자와 의자를 찾을 수가 없었다.

폭풍이 휩쓸고 간 것처럼, 벽도 찢어져 있었다.

한빈의 시선을 따라 양예신과 사천당가의 당기명의 고개도 돌아갔다.

내부를 한 바퀴 훑어본 한빈이 말했다.

"이렇게 아수라장을 만들어 놨으면 누군가는 책임을 져야지."

신분도 밝히지 않고 책임을 묻는 한빈의 모습은 그리 낯설지 않았다.

신창양가나 사천당가의 어른이라면 응당 이렇게 책망했을 테니 말이다.

눈길조차 안 주는 한빈의 모습은 그들에게 더욱 신뢰감을 주었다.

천수장 (1)

곧 객잔의 주인이 뛰쳐나왔다.

삼 층에 피해 있다가 잠잠해지자 이제야 모습을 드러낸 것이다.

일 층의 참상을 본 주인은 비명을 터뜨렸다.

"앗, 이게 대체 무슨……!"

비명에 이어진 그의 대성통곡에 양예신이 한 발 앞으로 나와 주인에게 가볍게 고개를 숙였다.

"주인장, 이번 일은 죄송합니다. 이건 신창양가의 책임이니, 제가 책임지고 배상해 드리겠습니다."

그때 당기명이 질 수 없다는 듯 말했다.

"아닙니다. 이건 사천당가의 책임입니다. 저희가 책임지겠

습니다."

서로 으르렁거리는 신창양가와 사천당가.

그때 한빈이 염화미소를 피우며 둘을 바라봤다.

"누가 책임질 것인가로도 싸우는군……."

한빈은 잠시 말끝을 흐리며 양예신과 당기명을 바라봤다.

한빈은 눈을 가늘게 뜨고 둘의 무게를 재는 듯 쏘아보았
다.

한참을 보던 한빈이 낮은 목소리로 말했다.

"그럼 누구의 동작이 빠른지 한번 확인하지."

말을 마친 한빈은 둘을 시험하겠다는 표정으로 팔짱을 꼈
다.

한빈의 말에 양예신이 재빨리 수하에게 외쳤다.

"빨리 다녀오거라!"

양예신의 수하가 숨 쉴 틈도 없이 빠르게 문밖으로 튀어
나갔다.

동시에 당기명도 외쳤다.

"빨리 돈을 가져오너라!"

사천당가의 무사 역시 날듯이 이 층으로 올라갔다.

그러나 곧 이 층에서 당황한 듯한 목소리가 들려왔다.

"공자님, 이리 와 보셔야겠습니다."

수하가 다급한 목소리로 외치자, 당기명도 재빠르게 몸을
날려 이 층으로 올라갔다.

그때였다.

밖으로 나갔던 양예신의 수하가 막 객잔 안으로 들어왔다.

"고, 공자님, 큰일 났습니다."

"무슨 일이냐?"

"마, 마차가 없어졌습니다."

"마차가 없어졌다고? 누가 감히 신창양가의 마차를 건든
다는 말이냐? 마차를 지키던 보초는 어디에 있고?"

양예신은 쉬지 않고 질문을 쏟아 냈다.

무사는 어딘가를 가리켰다.

그곳에는 지목을 받은 다른 무사가 눈알을 굴리고 있었다.

양예신은 그제야 기억이 났다.

이곳에서 일이 터지면서 밖에 있던 신창양가의 무사들은
모두 이곳으로 달려왔다는 것을 말이다.

양예신은 현기증이 나는지 살짝 비틀거리며 이마를 짚었
다.

그 모습에 무사가 말했다.

"대공자님, 혹시 독에 당하신 건⋯⋯."

"지금 독이 문제더냐? 마차를 찾아야 한다. 마차를 못 찾
으면⋯⋯."

양예신은 말끝을 흐렸다.

그때 이 층에서도 당황한 목소리가 들려왔다.

"대체 짐들은 다 어디 갔느냐?"

"건량만 남고 값나가는 물건은 모두 가져갔습니다."

"대체 누가 사천당가의 짐을 훔쳐 간다는……."

당기명은 말을 잇지 못했다.

그제야 도둑맞은 짐에 무엇이 들어 있는지가 기억났던 것이다.

짐 속에는 각 가문에 전해야 할 사신첩이 꽤 많이 남아 있었다.

"제기랄!"

당기명이 입술을 잘근잘근 깨물었다.

그는 거친 숨소리를 뱉으며 일 층으로 내려갔다.

일 층으로 내려온 당기명이 한빈에게 포권하며 말했다.

"누군가 짐을 훔쳐 갔습니다. 아무래도 저는 급히 그자를 쫓아야……."

당기명은 말을 맺지 못했다.

한빈이 손바닥을 보이며 그의 말을 막았기 때문이다.

"자신이 싸 놓은 똥은 치우고 가야지. 너는 이 아수라장이 된 책임이 사천당가에 있다 말했다."

"지금 도둑이……."

"만약 이것을 마무리 짓지 못하면 너도 똑같은 도둑이 되는 법이다."

"흠."

침음을 삼킨 당기명은 재빨리 수하에게 턱짓했다.

"마차에서 금은보화를 가져오너라."

"존명."

포권한 당기명의 수하가 사라졌다.

그 수하는 눈 깜빡할 사이에 나타났다.

그의 보고를 받은 당기명의 얼굴은 새파랗게 질렸다.

도저히 믿을 수 없는 일이 일어난 것이다.

멍하니 천장을 올려다보는 당기명.

고개를 푹 숙인 양예신.

둘 다 천하에 위명을 떨치는 무림세가의 후예라고는 믿어지지 않을 정도로 의기소침해졌다.

그때 한빈이 주인에게 바가지를 내밀었다.

바가지를 받은 주인이 살짝 떨며 물었다.

"이게 다 무엇인지요?"

"그 아래에는 꽤 많은 철전이 깔려 있소. 그거면 벽에 생긴 흠집은 수리할 수 있을 것이오."

"그럼 지금 눈에 보이는 이 암기들은……."

"이건 사천당가의 암기로, 팔면 일 층 전체를 수리하고도 남을 것이오. 주인장은 안심하시구려."

"아, 감사합니다. 대인."

"그럼 나는 이만 가 보겠소."

"그런데 존성대명이……."

"그리 알릴 만한 이름은 아니오."

한빈은 여운을 남긴 채 돌아섰다.

그때 뒤쪽에서 다급하게 양예신과 당기명이 쫓아왔다.

"어르신!"

양예신은 어찌나 급한지 한빈의 소매를 잡아끌었다.

한빈은 문 앞에서 멈췄다.

양예신은 구경꾼들이 자리를 떠나지 않은 상황에서 무릎을 꿇었다.

한쪽 무릎을 꿇은 양예신이 말했다.

"어르신, 도와주십시오. 가문의 운명이 걸려 있습니다."

그의 말에 한빈이 눈매를 좁혔다.

이 많은 사람 앞에서 무릎을 꿇었다.

황제의 앞에서만 무릎을 꿇는다는 신창양가의 무인이 지금 고개를 숙이고 있다.

거기에 가문의 운명이라는 단어가 나왔다.

사천당가라면 모를까, 신창양가의 상황은 머릿속에 넣어 두지 않았다.

한빈은 재빨리 표정을 숨기고 물었다.

"내가 도울 일이 있겠소?"

"마, 마차를 찾아 주십시오."

"내가 포졸도 아니고 하오문도 아니고 개방도 아닌데…….
그러고 보니 내 허름한 무복을 보고 개방으로 착각한 것은
아닌지?"

하북팽가
검술천재

"아닙니다. 어느 정도 경지에 들면 적의 흔적이 백지 위에 먹으로 선을 그려 놓은 것처럼 보이지 않습니까? 가르침을 주십시오."

"흠."

한빈은 붙여 놓은 턱수염을 쓸어내리며 침음을 흘렸다.

그 모습에 옆에 있던 당기명도 달라붙었다.

"어르신, 저도 도움이 필요합니다."

그들은 멀뚱멀뚱 한빈을 바라봤다.

한빈은 마음속으로 숫자를 세었다.

하나, 둘, 셋……

승낙을 해도 시기가 중요하기 때문이었다.

절실하지 않은 자가 무엇을 걸 수 있을까?

한빈은 그들의 목숨 같은 하찮은 담보는 싫었다.

숫자를 백까지 센 한빈이 말했다.

"내가 너희의 물건을 찾아 준다면 무엇을 주겠느냐?"

"제 목숨……."

한빈이 손바닥을 보이며 양예신의 말을 막았다.

"그럴 때는 무엇이 필요하냐 물어야 되는 것이다."

"무엇을 원하십니까?"

"내가 필요할 때 너희 가문의 힘을 한 번 쓰겠다."

"가문의 힘이라면……."

"정도에서 벗어나지 않는 요구를 하마."

"……."

"그 요구는 내 제자에게 전하마."

마지막 말은 둘만 들리도록 작게 했다.

신창양가의 양예신이 고개를 갸웃하며 다시 물었다.

"어르신의 제자인지 어떻게 알아봅니까?"

"충분히 알아볼 수 있을 것이다."

한빈은 그윽한 눈길로 그들을 바라봤다.

양예신과 당기명은 한빈이 자신의 물건을 찾아 줄 것이라 믿는 것 같았다.

한빈은 속으로 헛웃음을 지었다.

둘의 표정을 보아하니, 강호에서 뒤통수 몇 번은 맞아야 정신을 차릴 친구들이었다.

물론 한빈이 물건을 찾아 주긴 할 것이다.

아마 이들은 지금 상황이 이상하다는 것을 조금도 느낄 수 없으리라.

무림세가 간의 뜻밖의 대결.

정체불명 고수와의 뜻밖의 만남.

그리고 문밖에 깔린 수많은 구경꾼.

모든 게 우연이지만, 이런 상황이 낯설지는 않을 테니 말이다.

강호를 떠돌다 보면 이런 상황은 비일비재하게 겪기 마련이었다.

자신이 겪어 보지는 못해도, 집안의 어른들을 통해 간접적으로 경험해 봤을 터였다.

그때였다.

이 층을 살펴보던 당기명의 수하가 헐떡거리며 내려왔다.

"공자님."

"또 무슨 일이냐?"

당기명이 수하를 쏘아봤다.

수하는 그 눈빛에도 굴하지 않고 입을 열었다.

"상대는 독공의 고수인 것 같습니다."

"독공의 고수라고?"

"이것 보십시오."

수하는 조그만 양념 통을 내밀었다.

양념 통을 받은 당기명은 살짝 흔들어 보았다.

안은 텅 비었는지 아무 소리도 나지 않았다.

당기명의 눈이 커졌다.

약간 놀란 듯 보였다.

한빈도 그가 왜 놀랐는지는 알 수 없었다.

그때 수하가 다시 말을 이었다.

"그리고 이것도 좀 보십시오."

수하가 들고 있는 것은 접시였다.

"흠, 거기에 흔적이 남아 있구나."

"이 독을 양념 삼아 뿌려 놓고 접시를 비운 것 같습니다.

모든 접시에 이 독을 뿌린 흔적이 남아 있습니다."

"허, 저 독을 먹는 괴인이라……."

당기명은 상상도 안 된다는 듯 고개를 흔들었다.

한빈은 그제야 어찌 된 일인지 감이 잡혔다.

당기명의 수하가 들고 온 것은 양념 통이 아니라 독을 넣어 놓은 통이었다.

저 통의 용도는 무엇일까?

사천당가에서는 독의 내성을 기르기 위해 몇 가지 독을 음식에 살짝 뿌려서 먹는다고 들었다.

저 양념 통이 그런 용도일 것이었다. 보통 삼 년 동안 통에 독을 넣어서 가지고 다닌다 들었다.

삼 년 치를 한꺼번에 뿌려서 먹었다면?

그것은 단순한 실수가 아닌, 자신의 독공을 과시하는 행위라 생각할 수밖에 없었다.

이러한 상황에 한빈은 겨우 웃음을 참았다.

어찌 보면 청화에게 감사해야 했다.

그들의 모습을 지켜보던 한빈이 말했다.

"정파의 무림세가를 노리는 세력이 있다니……."

한빈은 살짝 말끝을 흐렸다.

이제는 그들이 상상하게 만들면 되었다.

살짝 살아났던 양예신의 낯빛이 다시 어두워졌다.

"어르신, 그게 무슨 말씀입니까?"

"나도 기척을 못 느낀 자다. 저렇게 독공을 과시하는 자인데, 주변에 흔적을 남기지 않았지. 적이 경고하는 게 누구라 생각하는가?"

"……."

"신창양가와 사천당가 모두에게 경고하는 것이라 나는 생각한다."

"……."

"신창양가와 사천당가뿐이겠는가?"

"……."

"중원의 모든 정파를 향한 도발이거늘……. 일단 너희의 물건을 찾는 것이 먼저 같구나."

한빈은 품 안에서 특색 없는 무명 끈을 한 다발 꺼냈다.

그러고는 그 끈을 한 가닥 꺼내 양예신에게 주었다.

끈을 받은 양예신이 고개를 갸웃하자 한빈이 말을 이었다.

"내가 가는 길에 이 끈을 묶어 둘 테니 잘 따라오너라."

한빈이 돌아서자 양예신이 다급하게 물었다.

"존성대명을 말씀해 주시지요"

"내 이름은……. 청운 아무개라 한다."

한빈은 머뭇하다가 전에 하남정가에서 붙여진 별호인 청운사신의 앞 글자를 밝혔다.

동시에 한빈의 신형이 그들의 눈앞에서 사라졌다.

그때였다.

구경꾼들이 술렁이기 시작했다.

"혹시 저분이 지금 청운 뭐라고 하지 않았어?"

"그러게? 그런데 청운이라는 별호는 들어 보지 못했는데……."

"누구지? 경공술을 보면 천하 십대고수에도 들 것 같은데?"

"허허, 세상은 넓고 기인이사는 많다더니 오늘 좋은 구경했네."

구경꾼들의 웅성거림은 뒤로한 채, 양예신은 당기명을 바라봤다.

그런데 당기명의 눈가가 파르르 떨리고 있었다.

지금 보니 짐을 잃어버렸을 때보다 더 놀란 듯 보였다.

당기명은 아무도 들리지 않게 혼잣말을 뱉었다.

"혹시 청운사신?"

당기명이 사천에서 나오며 받은 임무는 크게 두 가지였다.

하나는 사신첩을 전해 영웅을 모으는 일이었고 다른 하나는 사람을 찾는 일이었다.

찾아야 할 사람은 둘.

그중 하나가 하남정가의 영웅, 청운사신이었다.

당기명은 반사적으로 한빈이 사라진 자리로 달려갔다.

그것이 사선당가와 신창양가에는 신호가 되었다.

그들은 한빈이 남긴 흔적을 쫓기 시작했다.

얼마나 지났을까?

한빈은 부채를 꺼내 더위를 몰아내며 휘적휘적 걷고 있었다.

마음만 먹으면 설화와 청화의 마차를 바로 따라잡을 수 있었지만, 그렇게 되면 계획에 어긋난다.

한빈은 흔적을 여기저기 남기며 걷고 있었다.

한빈의 흔적을 그대로 쫓아온다면?

아마도 하루는 꼬박 걸릴 것이었다.

수하들을 뒤로한 채 앞장서서 푸른 무복의 도인, 즉 한빈의 뒤를 쫓던 양예신은 힐끔 옆을 바라봤다.

그곳에는 당기명이 입술을 깨문 채 걷고 있었다.

당기명의 결연한 눈빛은, 자신만큼이나 절박한 사정이 있는 것처럼 보였다.

똑같은 처지는 묘하게 동료애를 만들어 냈다.

지금만큼은 당기명이 동료처럼 느껴졌다.

이전의 일을 떠올린 양예신은 자신도 모르게 한숨을 토해 냈다.

"휴……."

옆에서 양예신의 눈을 믿고 쫓아오던 당기명이 물었다.

"왜 한숨을 쉽니까? 혹시 흔적이 잘 보이지 않습니까?"

"그게 아니라, 미안해서 그렇습니다. 아까 일은 미안합니다."

"아까 일이라니? 그게 무슨 말씀인지요?"

"계집애 같다고 한……."

양예신은 말을 맺지 못했다.

당기명은 검집을 틀어쥐었기 때문이다.

위협인 줄 알았는데, 검 손잡이가 살짝 들리더니 검신이 딸려 나온다.

스릉.

깜짝 놀란 양예신이 펄쩍 뛰어 뒤쪽으로 물러났다.

그러고는 등에 묶어 놨던 창을 풀었다.

갑작스러운 상황에 뒤따르던 수하들도 뒤로 물러나 대치했다.

창을 겨누며 방어 자세를 취한 양예신이 물었다.

"대체 무슨 일입니까? 왜 갑자기 검을 뽑은 겁니까?"

"……."

당기명은 양예신을 바라보며 아무 말 없이 거친 호흡을 토해 냈다.

계집애란 말은 당기명이 가장 싫어하는 말이었다.

그 일은 십오 년 전 사건으로 거슬러 올라간다.

다른 세가에게는 비밀로 하고 있지만, 십오 년 전 당가에서는 가문의 기둥뿌리가 뽑혔다고 표현할 만큼 큰일이 일어난 적이 있었다.

그 당시 당가는 가문을 이어 나갈 직계에게 작은 시험을 하고 있었다.

그것은 가문의 숙원인 공독지체를 완성하는 것이었다.

사천당문의 오백 년 역사상 한 명도 만들지 못했던 꿈의 공독지체.

그것을 이루면 천하제일 세가라는 칭호를 넘어 군림천하를 입에 올릴 수도 있었다.

사실 공독지체의 완성은 권력에 대한 욕망을 넘어서는 일이었다.

그것은 독인으로서의 순수한 열망이었다.

사천당문은 직계들에게 그들이 오십 년간 연단한 영약을 먹였다.

영약을 먹은 이는 열에 가까웠지만, 반응한 이는 없었다.

그렇게 가문에서 포기하고 있을 때, 직계 중 둘이 희망을 보였다.

하나는 자신이었고 다른 하나는 다섯 살 차이 나는 동생이었다.

공독지체로서 더욱 가능성을 보인 것은 다섯 살 차이가 나는 동생이라 들었다.

당기명은 동생을 경쟁자라 생각해 본 적은 없었다.

동생은 그저 동생일 뿐, 적수는 아니었다.

눈에 넣어도 안 아플 가족이었다.

그날도 수련을 마치고 동생과 뒤뜰에서 놀고 있었다.

그런데 믿지 못할 일이 일어났다.

우물에서 녹색 손이 나오더니 동생을 낚아챈 것이다.

어른들에게 알리고 우물을 수색해 봤지만, 나온 단서는 없었다.

당기명의 아비인 가주를 비롯한 가문의 어른들은 그의 말을 믿었다.

납치로 결론을 내린 것이었다.

당가에 필적할 만한 독공을 가진 고수가 당기명의 동생을 납치해 갔다고 판단했다.

당가에 필적할 독공의 고수가 세상에 있을까?

백독곡이라면 가능했지만, 그들과의 친분상 이런 일을 벌일 리는 없었다.

그때부터 사천당가는 모든 무림세가를 의심하기 시작했다.

공독지체의 가능성을 가진 아이를 납치했다는 것은 사천당가를 견제하기 위해서라고 생각했다.

또한 중요한 것은 사천당가 내의 정보가 새어 나갔다는 점이었다.

정보가 새어 나가지 않고서야 공독지체의 가능성을 가진 아이를 딱 집어 납치할 수는 없는 일이었다.

그때부터 사천당가는 가주를 중심으로 공독지체를 완성하려 했다는 흔적을 지우기 시작했다.

당기명은 그때 이름을 바꾸었다.

당시 당기명의 이름은 당세령.

열 살 난 여자아이였다.

하지만 흔적을 지우고 십오 년째 남자아이로 살아가고 있었다.

남자로 변장을 하여 살아가는 데 큰 어려움은 없었다.

사천당가에서 특별 대우를 해 준 덕분에 별채를 썼고 남들과 목욕도 따로 할 수 있었다.

그리고 아직 남아 있는 공독지체의 가능성이 꽃을 피우면 원래 이름으로 돌아갈 예정이었다.

문제는 그 가능성이 십오 년째 봉오리를 굳게 닫고 있다는 점이었다.

뭐, 이 생활이 그리 나쁘지는 않았다.

다만, 지금처럼 계집애라는 소리를 들을 때면 십오 년 전 동생을 잃어버렸다는 죄책감이 떠올랐다.

그럴 때마다 상대를 그냥 놔둘 수 없었다.

상대에 대한 화가 아닌 자신에 대한 분노.

그것이 지금 당기명이 내뿜고 있는 감정의 정체였다.

씩씩대는 당기명을 본 신창양가의 양예신은 한숨을 내쉬었다.

"휴⋯⋯."

한숨 속에는 여러 가지 감정이 담겨 있었다.

가장 중요한 것은 푸른 무복의 도인이 남긴 흔적을 놓치면 안 된다는 것이었다.

사천당가의 무인 중 독공을 수련한 몇몇은 가끔씩 광기를 보인다고 들었는데 지금 보니 당기명이 그런 자였다.

그런데 이렇게 싸울 시간이 없었다.

한숨을 뱉어 낸 양예신이 말했다.

"무엇을 잃어버렸는지 모르겠지만, 그것이 소중하다면 힘을 합칩시다. 이러고 있을 때가 아닙니다."

"⋯⋯."

당기명이 아무 말 없이 양예신을 바라봤다.

조금씩 표정이 풀린다.

표정과 비례해서 당기명이 든 검 끝이 점점 아래로 내려온다.

당기명이 검을 검집에 넣고 말했다.

"미안합니다. 빨리 흔적을 쫓도록 합시다."

말을 마친 당기명은 주변을 훑었다.

그러고는 검지로 나무 위를 가리켰다.

"저쪽에 무명 끈이 보이네요."

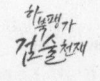

당기명은 마치 아무 일도 없었다는 듯 재빨리 무명 끈이
달린 나무로 뛰어갔다.

⚜

적당하게 흔적을 남긴 한빈은 자신이 남긴 지도를 머릿속
에 그려 봤다.

그러고는 눈썹 위에 오른손을 갖다 대 챙을 만든 채 주변
을 살폈다.

이제 목적지에 거의 도착했다.

한빈이 지목한 곳은 넓은 산길에 비해 인적이 드문 곳이었
다.

뭐, 인적이 드문 이유는 간단했다.

그것은 산적 때문이었다.

산적도 산채를 가지고 있는 산적이 아닌, 뜨내기 산적.

사실 토벌하기 가장 힘든 상대가 바로 정처 없이 이 산 저
산 떠돌아다니며 산적질을 하는 무리였다.

차라리 거대한 세력을 구축하고 있는 녹림 세력의 산하라
면 타협이라도 되지만, 이들은 대화 자체가 힘들었다.

그것이 이곳을 지목한 이유였다.

모든 약탈을 산적에게 넘긴다면?

아마 한빈이 만들어 놓은 계획은 물 흐르듯 흘러갈 것이다.

두리번거리던 한빈의 시선이 한 곳에 멈췄다.

산자락 옆에 말들이 한가롭게 풀을 뜯고 있는 모습이 보였기 때문이다.

그 뒤쪽으로는 마차가 팽개쳐져 있었다.

말과 마차는 분리된 상태.

아무래도 말을 쉬게 해 주려는 설화와 청화의 배려인 것 같았다.

한빈이 조용히 마차로 다가가, 막 마차의 문을 열려 할 때였다.

한빈은 눈매를 좁혔다.

바닥에는 늑대 가죽으로 상의를 덮은 한 무리의 사내들이 쓰러져 있었다.

그들의 신분은 물어볼 필요도 없었다.

허리에 찬 박도와 늑대 가죽으로 만든 상의가 그들의 직업을 말해 주고 있었으니 말이다.

한빈이 나지막이 말했다.

"일 잘하네."

설화의 작품이 분명했다.

마차를 지키고 있으라고 했더니, 물건을 노리고 달려든 산적을 이렇게 만든 것이다.

자세히 보니 아직 숨은 쉬고 있는 것이, 일말의 자비는 남겨 둔 듯싶었다.

한빈이 산적들에게 집중하고 있을 때였다.

때마침 대규모의 기척이 느껴졌다.

한빈이 남겨 놓은 흔적을 따라온 사천당가와 신창양가의 무사들이 분명했다.

이어서 들리는 발소리.

터벅터벅.

그때였다.

뒤쪽에서 기세가 느껴졌다.

슝!

이것은 분명 암기.

한빈은 옆으로 한 걸음 피하며 돌아서는 동시에 손을 올렸다.

동시에 한빈의 손에 조그마한 돌멩이가 잡혔다.

탁.

한빈은 돌멩이를 손 위에 올려놓고 어이없다는 듯 바라봤다.

분명 설화가 날린 돌이 분명했다.

거리는 백 보 밖.

초특급 살수의 기술이 아니면 적중시키기 어려운 거리였다.

다시 돌멩이가 날아왔다.

슝.

한빈이 다시 낚아챘다.

설화가 왜?

의문도 잠시, 한빈은 자신의 모습을 떠올렸다.

지금의 모습은 설화와 헤어졌을 때와는 분명 달랐다.

게다가 지금 입은 옷은 설화도 모르는 변복.

설화가 오해할 수도 있었다.

이렇게 수염까지 붙이고 허름한 푸른색 무복을 입고 있으니, 자신이 동경을 봐도 어색할 것이었다.

한빈은 손가락을 튕겼다.

딱!

내공을 실어서 남겼기에 그 소리는 산중으로 퍼져 나갔다.

한빈이 낸 소리 덕분인지 더는 돌멩이가 날아오지 않았다.

그때 뒤에서 떨리는 목소리가 들려왔다.

"어르신."

양예신의 목소리였다.

한빈이 돌아서서 그들을 바라봤다.

양예신과 당기명이 떨리는 눈으로 한빈을 바라보고 있었다.

한빈이 마차를 가리켰다.

"저기 있네."

한빈이 가리킨 곳에는 양예신이 잃어버린 마차가 있었다.

하지만, 양예신은 섣불리 움직이지 못했다.

방금 한빈이 보여 준 한 수가 너무 대단했기 때문이다.

양예신이 본 것은 눈앞에 푸른 무복의 도인이 손가락 하나 튕긴 장면뿐이었다.

손가락을 튕겨 적을 쓰러뜨린다라?

충분히 있을 수 있는 일이었다.

하지만, 푸른 무복의 도인은 허공에 손가락을 튕겼을 뿐 어떤 물체도 손으로 쏘아 내지 않았다.

그렇다면 이것은 음공이라 생각할 수밖에 없었다.

음공이란 소리로 상대를 공격하는 수법이었다.

중요한 것은 양예신과 다른 이들은 아무런 영향도 받지 않았다는 점.

이런 음공을 쓰는 이가 있다고 들어 본 적도 없었다.

그런 이가 있다면, 원래 중원에 존재했던 신비 문파가 모습을 드러낸 것이거나 천축에서 왔다고 생각할 수밖에 없었다.

물론 이것은 양예신의 오해였다. 이전의 혜광심어도 그렇고, 한빈에 대한 양예신의 오해는 점점 깊어졌다.

결국 양예신이 참지 못하고 말했다.

"어르신, 어떻게 하신 겁니까?"

"뭐가 말인가?"

"마차 옆에 쓰러진 자들 말입니다."

"쓰러진 자들이라······."

"저 산적들을 손가락만 튕겨서 쓰러뜨리다니······."

양예신이 눈을 크게 뜨고 한빈을 바라봤다.

다소 부담스러운 시선에 한빈이 답했다.

"난 아무것도 한 게 없네. 이 마차를 찾은 것 이외에
는……."

한빈이 말끝을 흐리며 돌아섰다.

그것도 잠시, 한빈이 뭔가 생각난 듯 품속에서 가죽 주머
니를 꺼냈다.

그것은 하북팽가에서 찾은 가죽 주머니였다.

가죽 주머니를 확인한 한빈은 그것을 당기명에게 날렸다.

휙!

날아오는 가죽 주머니를 확인한 당기명이 수하들에게 외
쳤다.

"내 말 맞지? 내가 잃어버린 게 아니라고! 도둑맞은 걸 어
르신이 찾아 주신 거야."

"그러게요. 저는 공자님이 어디에다 두고 오신 줄 알았는
데……."

수하들도 웅성거렸다.

그들은 당기명이 분명히 가죽 주머니를 잃어버렸다고 생
각하고 있었다.

하지만 모든 것이 오해라는 것을 이제야 깨달은 것이었
다.

뭐, 오해가 아니라 사실이었지만, 당기명에게 그것은 중요

하지 않았다.

가죽 주머니를 받아 든 당기명이 깊숙이 포권하며 외쳤다.

"청……! 아닙니다."

당기명을 하려던 말을 끊고 손을 흔들었다.

청운사신이라 말하려 했지만, 모두가 있는 자리에서 상대의 별호를 말하는 것은 실례라 생각했기 때문이었다.

"……."

한빈이 아무 말 없이 고개를 갸웃하자, 당기명이 재빨리 다시 고개를 숙였다.

"어르신, 감사합니다."

"어서 없어진 물건이 있나 찾아보게. 없어진 물건이 있다 해도 나를 책망하지는 말고."

한빈의 말에 양예신과 당기명이 자신들의 마차로 달려갔다.

마차를 살피는 그들의 모습을 보던 한빈은 눈매를 좁혔다.

양예신의 마차에서 말도 안 되는 물건을 확인한 것이었다.

바로 한쪽에 가득 쌓은 금괴였다.

저 정도의 금괴라면 가문 하나를 일으킬 수 있는 정도의 양이었다.

그런데 저 금괴를 가지고 어디론가 간다?

스멀스멀 의문이 피어났지만, 한빈은 일단 참기로 했다.

신창양가에 빚을 지워 무가지회에서 활용하는 것이면 충

분했다.

거기에 아무리 봐도 정체불명의 집단이나 위씨세가와는 접점이 없어 보였다.

그들과 접점이 있더라도 아마 양예신은 아닐 것이었다.

그런데 발길이 안 떨어지는 것은 왜일까?

"쩝."

한빈은 자신도 모르게 입맛을 다셨다.

아무리 생각해도 금괴가 아까웠다.

그 모습에 양예신이 번개처럼 달려왔다.

"어르신, 배고프십니까?"

"아닐세."

"아무래도 배고프신 것 같은데 저희가……."

"그건 됐고, 약속은 확실히 지키게."

한빈이 떠나려 하자 양예신이 다급하게 물었다.

"어르신, 하나만 더 여쭙겠습니다."

"말해 보아라."

"이 마차를 훔친 놈들이 산적입니까?"

"아니다."

"그럼 대체 이 마차를 훔친 놈들은 누구란 말입니까?"

"그건 너희가 밝혀야지, 왜 내게 물어보는 것이냐?"

"아, 죄송합니다. 어르신."

"누군가 너희의 일을 방해하려고 하는 것일 터. 저런 힘 없

는 산적 놈들은 이 일에는 관련이 없을 것이야."

"어르신을 찾으려면 어떻게 해야 합니까?"

"나 대신 내 제자가 찾아갈 것이니 그리 알아라."

"제자가 찾아간다니, 그게 무슨 말씀입니까?"

"……."

한빈은 희미한 웃음을 머금은 채 손가락만 튕겼다.

딱.

내공을 실은 소리는 고즈넉한 산자락에 풍경(風磬) 소리처럼 잔잔하게 퍼져 나갔다.

그 소리의 여운이 사라지기도 전에 한빈은 풀잎 밟는 소리만 남기고 자리에서 사라졌다.

사사─삭.

그때 마차를 확인하던 당기명이 다급하게 달려왔다.

"어르신!"

하지만 한빈은 잔잔한 흔적만 남긴 채 사라진 후.

아연실색한 표정으로 한빈이 사라진 곳을 바라보던 당기명은 입을 벌린 채 석상이 되었다.

찾아야 할 사람 중 하나를 찾았는데 눈앞에서 떠나보낸 것이다.

청운사신에게는 하남정가에서 벌어진 일을 물어보고 도움을 받아야 했다.

당기명은 자리에서 사라진 푸른 무복의 도인이 청운사신

이라 확신하고 있었다.

그 모습을 보던 양예신이 물었다.

"왜 그러십니까? 당 공자."

양예신의 물음에 당기명은 손을 내저었다.

"아, 아무것도 아닙니다."

"네, 그럼…….”

양예신은 뒤돌아 마차로 돌아갔다.

당기명과 말을 섞다가 이전과 같은 불협화음이 나와서는 안 될 일.

자신의 손에 가문의 존망이 걸려 있기에 여기서 지체하면 안 되었다.

양예신은 재빨리 마차를 다시 정비하기 시작했다.

당기명도 자신의 수하가 있는 곳으로 돌아갔다.

하지만 당기명은 중간중간 멈칫하며 뒤를 돌아봤다.

그것은 청운사신이라 생각한 푸른 무복의 도인이 사라진 방향이었다.

당기명은 입술을 꽉 깨물었다.

청운사신을 만나면 한 가지 부탁을 할 터였다.

가문의 모든 재산을 바쳐서라도 동생을 찾아 달라 그의 소매를 붙들고 늘어질 작정이었다.

동생을 찾는 데 가문의 전 재산을 쓴다라?

병석에 있는 당기명의 아비, 즉 사천당가의 가주도 흔쾌히

승낙할 것이었다.

그렇다면 자신도 예전으로 돌아갈 수 있으리라 생각했다.

당기명은 자신도 모르게 주먹을 꽉 움켜쥐었다.

차 한 잔 마실 시간이 지나자 산자락에 있던 마차는 모두 정비가 끝났다.

정비가 끝나자 당기명은 수하에게 지시를 내렸다.

"이제 출발한다."

"네, 공자님."

수하가 마차에 올라 말고삐를 움켜쥐자, 옆에 있던 다른 수하가 뒤를 힐끔 바라보며 물었다.

"그런데 이놈들은 어떻게 할까요?"

다른 수하가 가리킨 곳에는 산적들이 있었다.

마차에 접근하려다가 설화의 돌멩이를 맞고 쓰러진 산적들.

그들은 손과 발이 포박된 채 나무에 묶여 있었다.

거기에 더해 아혈까지 제압된 상태.

사실 산적들의 입장에서는 지금 상황이 이해가 안 되었다.

이곳에 와서 물건을 훔친 적이 있던가?

이번이 처음이었다.

그런데 이번에는 물건을 훔치기도 전에, 아니 물건을 보기도 전에 누군가에게 뒤통수를 공격당해서 쓰러진 것이다.

산적질이라도 제대로 하다가 이렇게 꼬꾸라졌으면 할 말 없지만, 지금 상황은 너무 억울했다.

아혈을 제압당한 산적들이 눈만 멀뚱거리고 있을 때였다.

당기명이 다가와 가장 억울한 표정을 하는 산적의 아혈을 풀었다.

그러고는 수하들에게 외쳤다.

"이제 됐다. 출발한다!"

"저, 저희를 여기에 그냥 놔두고 떠나시려고요? 차라리 관아에라도 넘기시길……. 제발."

떠나려던 당기명이 멈칫하고 뒤를 돌아봤다.

산적의 상태를 살핀 당기명이 아무렇지 않게 답했다.

"우리도 바빠. 강호에서는 목소리 큰 놈이 살아남는 법이야."

말을 마친 당기명이 뭔가 기억난 듯 수하에게 외쳤다.

"가문의 깃발을 올려라!"

당기명의 외침에 수하들이 마차에 사천당문의 깃발을 꽂았다.

그 모습에 산적의 눈빛이 떨렸다.

사천당문의 깃발이 있었다면 그 마차는 거들떠도 안 봤을 것이다.

그때였다.

뒤쪽에서 늑대의 울음이 들려왔다.

아우—울.

산적은 그때야 다급하게 외쳤다.

"구, 구해 주십시오! 이곳은 절……."

산적은 말을 맺지 못했다.

멀리 떠나던 당기명이 날린 암기에 다시 아혈이 눌렸기 때문이다.

산적은 이곳이 절호곡과 가깝다는 것을 그제야 떠올리고는 절망했다.

※

한빈과 신창양가 그리고 사천당문이 떠나고 반 시진이 지난 객잔의 앞.

그곳에서는 아직도 구경꾼들이 모여 있었다.

웅성거리며 객잔에 모여 있는 이들 속에는 장오도 있었다.

장오는 팔짱을 끼고 안을 들여다봤다.

무림인의 싸움이라는 것이 이렇게 과격할지는 몰랐다.

뭐, 자신의 형 장삼이 자칭 무림인이긴 했다.

하지만 장오가 보기에는 삼류에 불과했다.

삼류 무인의 생이 저잣거리 왈패의 삶보다 나을까?

장오는 자신 있게 고개를 저을 수 있었다.

손가락 몇 번 튕기면 하루 끼니를 때울 수도 있고.

무림 고수만 피한다면 저잣거리 왈패 생활보다 편한 것이
없었다.

힘든 시기가 있으면 집에 기어들어 가서 어미의 등골을 빨
며 살아가는 장오였다.

물론 장오의 입장에서는 가끔 들어가 어미를 봉양한다고
생각하지만 말이다.

장오는 삼류에 불과한 자신의 형 장삼이 요즘 집에 얼굴
을 비치지 않는 이유가 어디선가 쥐어 터지고 있어서라 생
각했다.

장삼을 떠올리던 장오는 고개를 흔들었다.

생각할 가치도 없다고 생각했다.

장오는 주변을 둘러보다가 때가 되었다는 듯 구경꾼들의
앞을 막아섰다.

"잠시 멈추시오."

거대한 덩치의 장오가 팔을 벌리며 객잔을 막아서자, 객잔
안을 보며 두리번거리던 구경꾼들은 고개를 갸웃했다.

그것도 잠시, 그들 중 제법 체격이 잡힌 이들이 앞으로 나
왔다.

"지금 왜 그러는 겁니까?"

"이건 무림인들이 남긴 대결의 흔적입니다."

"그걸 몰라서 하는 말이 아니잖소. 왜 앞을 막냐는 이야기
요."

"안을 둘러보려면 돈을 내시오."

장오는 상대에게 손을 내밀었다.

상대는 황당하다는 듯 고개만 절레절레 저었다.

그 모습에 장오가 다시 말을 이었다.

"아까 못 봤소?"

"뭘 말이요?"

"내가 돈을 걸고 있던 것을 말이요."

"음."

상대는 침음을 삼키며 장오를 위아래로 훑어보았다.

잘 생각해 보니 아까 말도 안 되는 무위로 암기를 막아 냈던 푸른 무복의 도인과 같은 일행인 듯 보였다.

그 일행이 이렇게 앞을 막아서자 안쪽이 궁금해도 뒤로 물러설 수밖에 없었다.

모두가 살짝 물러서며 돈을 내야 할까 말까를 고민하자, 어깨가 으쓱해진 장오가 다시 외쳤다.

"안을 구경하고 싶은 사람은 철전 열 닢이요!"

장오가 사악한 미소를 지었다.

장오는 이런 쪽으로 머리가 잘 돌아가는 인간이었다.

집에서는 내놓은 자식이고 어미와 형의 속을 끓이지만, 이렇게 기회가 왔을 때는 잡아야 한다는 것을 본능적으로 알고 있었다.

그때였다.

갑자기 앞쪽의 구경꾼들이 양옆으로 갈라졌다.

그 모습에 장오가 눈매를 좁혔다.

그러나 잠시 긴장했던 장오는 헛웃음을 흘렸다.

구경꾼들이 내준 길로 오는 이들은 누가 봐도 거지였기 때문이다.

무서워서 피한 게 아니라 더러워서 길을 내준 것이라 장오는 생각했다.

백발의 거지와 아직 열 살도 안 되어 보이는 거지를 무서워할 장오가 아니었다.

장오가 어이없는 표정을 하고 있을 때, 어린 거지가 장오를 가리켰다.

"저 사람이 가져갔어요."

"저놈이 가져갔다고?"

늙은 거지가 장오를 가리키며 물었다.

어린 거지의 고개가 격하게 상하로 움직였다.

"맞아요. 저 아저씨예요."

"험, 세상이 아무리 험악하다고 해도 저렇게 허우대가 멀쩡한 놈이 동냥 그릇을 빼앗아 가?"

"네, 눈 깜짝할 사이에 동냥 그릇이 없어져서 찾아다녔는데, 글쎄 저 아저씨가 내 동냥 그릇으로 동냥을 하고 다니더라고요."

"허허 말세로다. 동냥 그릇을 빼앗은 것도 모자라, 아이의

구역에서 동냥까지 했다고? 거참 사악한 놈이로구나."

그들은 대화를 나누며 장오의 앞으로 걸어왔다.

장오는 그들의 대화가 어이가 없을 뿐이었다.

자신이 왜 동냥 그릇을 훔친다는 말인가?

거기에 더해 동냥 그릇을 빼앗아 자신이 구걸하고 다녔다니?

장오는 울화통이 치밀었다.

그때 늙은 거지가 장오의 코앞에 얼굴을 들이밀며 물었다.

"네가 이 아이의 동냥 그릇을 훔친 게 분명하더냐?"

"이런 미친……."

장오는 말을 맺지 않았다.

대답을 못 해서가 아니라 거지의 물음이 가치 없다 판단해서였다.

장오는 대답 대신 통나무처럼 두꺼운 다리를 들었다.

다리를 든 장오는 거지를 밟을 것 같은 기세로 힘차게 뻗었다.

늙은 거지를 발로 차 버리려 한 것이다.

하지만 발에 닿는 느낌이 없었다.

허공을 찬 장오는 순간 중심을 잃어버렸다.

휘청.

장오는 앞으로 꼬꾸라졌다.

그때 누군가 장오의 어깨를 잡았다.

힐끔 고개를 돌려 보니 늙은 거지였다.

늙은 거지는 하얀 이를 드러내며 웃고 있었다.

그때 어깨 쪽에서 따끔한 느낌이 들었다.

늙은 거지가 검지로 어깨 부근을 찌른 것이다.

'이런 미친 거지가…….'

장오의 말은 입 밖으로 튀어나오지 않았다.

문제는 몸도 마비됐다는 것이었다.

장오는 지금 상황이 황당했다.

고수를 보면 바로 피했기에 마혈과 아혈을 제압당한 적이 없던 장오였다.

그런데 눈 깜짝할 사이에 이렇게 점혈을 당하고 보니, 왜 무림 고수와 상대하지 말라고 하는지를 알 것 같았다.

거지는 잡았던 장오의 어깨를 놓았다.

쓰윽.

장오의 시야에 점점 기울어지는 세상이 들어왔다.

그때 장오는 속으로 비명을 질렀다.

쓰러지면서 상대의 허리 쪽을 본 것이었다.

하나, 둘, 셋, 넷…….

허리에 맨 매듭의 개수를 세다가 장오는 쓰러졌다.

주변에서는 구경이라도 난 듯 웅성대고 있었다.

그때 어린 거지가 말했다.

"무제자 할아버지, 이 아저씨 등에 뭔가 꽂혀 있는데요?"

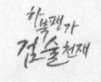

아이는 장오의 등판을 가리키며 늙은 거지를 바라봤다.

늙은 거지의 정체는 다름 아닌 무제자 홍칠개.

홍칠개는 광개에게 일을 시켜 놓고 한빈을 만나기 위해서 찾아다니던 도중, 어린 거지 하나가 봉변을 당했다고 해서 그 원흉을 찾아다니고 있었다.

그런데 등에 뭔가가 꽂혀 있다니?

무제자는 이해가 되지 않았다.

"무슨 말이냐?"

말을 마친 무제자는 장오의 등 뒤를 보더니 웃음을 터뜨렸다.

그곳에는 쪽지가 꽂혀 있었다.

정확히는 은침이 쪽지를 고정하고 있었다.

진짜 절묘한 솜씨였다.

상대는 지금까지 저 암기가 박힌 줄도 모르고 있었을 것.

홍칠개는 재빨리 은침과 쪽지를 뺐다.

획.

쪽지를 펼친 홍칠개의 눈이 커졌다.

하지만 쪽지를 끝까지 읽고 난 홍칠개의 입가에는 미소가 맺혔다.

그 모습에 어린 거지가 물었다.

"할아버지, 왜 그렇게 웃으세요?"

"내 제자가 보낸 쪽지 같구나."

홍칠개의 말에 어린 거지가 눈을 깜빡이며 물었다.

"할아버지 제자 없잖아요. 그래서 무림 사람들이 무제자라고 부르는 거 아닌가요?"

"아니란다. 최근에 제자가 생겼단다, 얘야."

홍칠개는 어린 거지의 머리를 쓰다듬었다.

어린 거지는 눈을 깜빡이며 말했다.

"제가 개방도가 아니라서 소문에 어두워서요. 죄송해요, 할아버지."

"괜찮단다, 얘야……."

홍칠개를 흐뭇한 눈빛으로 어린 거지를 바라봤다.

개방도는 아니지만, 어린 거지 중에는 가장 눈이 맑은 아이였다.

아직 이름도 물어보지 않은 아이.

홍칠개는 아이에게 말했다.

"개방에 들어오는 건 어떻겠느냐?"

"개방이요?"

"그래, 언제까지 다리 밑에서 또래 아이들과 지낼 수는 없는 게 아니더냐?"

"그래도 지금이 편한걸요."

"무릇 거지란 꿈이 있어야 하는 법이다."

"꿈이요?"

"이제는 개방에 들어와 중원을 호령할 꿈을 키우는 게 맞

다고 본다.”

“그럼 할아버지기 무공을 가르쳐 주시는 거예요?”

“아니란다. 사부로 모실 사람은 따로 정해 주겠다.”

홍칠개는 머릿속으로 누군가를 떠올렸다.

생각을 마친 홍칠개는 쓰러져 있는 장오의 허리 부근을 잡았다.

쓰윽.

그 모습에 홍칠개를 바라보던 사람들이 수근대기 시작했다.

“와, 저거 봐. 마치 종이를 들듯 저 큰 덩치를 드네.”

“저 사람도 고수인가 봐.”

“그냥 고수가 아니라 개방도야.”

“개방이라고?”

“저기 허리에 매듭 봐 봐.”

“와, 매듭이 셀 수도 없네.”

홍칠개는 웅성거리는 사람들을 뒤로한 채 객잔 앞을 빠져나왔다.

거지 아이가 물었다.

“그 아저씨는 왜 데려가요?”

“아저씨가 아니라 네 사제란다.”

“사제요?”

“뭐, 동생하고 비슷한 거다.”

"헉, 저 아저씨가 제 동생이라고요?"

"그래, 앞으로 그렇게 될 거란다."

씩 웃은 홍칠개는 장오를 둘러멨다.

휙.

그러지 않아도 점혈을 당해 움직일 수 없는 장오는 눈을 까뒤집고 홍칠개의 어깨 위에서 기절했다.

장오를 둘러멘 홍칠개는 아무렇지 않게 휘적휘적 앞장서기 시작했다.

어린 거지는 문득 장오의 등 뒤에 꽂혀 있던 쪽지의 내용이 궁금해졌다.

하지만 기세를 뿜어내며 걷는 홍칠개의 뒷모습에 주눅이 들어 물을 수가 없었다.

앞서 나가는 홍칠개의 입가에 진득한 미소가 맺혔다.

제자의 부탁은 항상 홍칠개의 기분을 좋게 만들었다.

쪽지의 내용은 간단했다.

장오를 사람 구실을 할 수 있도록 만들어 달라는 것이었다.

'수단과 방법을 가리지 말고'라는 것이 한빈이 덧붙인 조건이었다.

사람을 만드는 법은 간단했다.

개방에 입방시키면 그걸로 끝이었다.

그러고는 적당한 놈에게 사람 구실 하도록 만들라고 하면

만사형통.

뭐, 누구한테까지 맡길지도 정했다.

그놈은 펄펄 뛰겠지만 말이다.

홍칠개의 미소가 더욱 진해졌다.

홍칠개는 한빈이 이렇게 쉬운 부탁을 했다는 것이 기분 좋았다.

저잣거리를 빠져나온 홍칠개는 아무렇지 않게 개울에 장오를 던졌다.

첨벙.

거지 아이가 물었다.

"죽지 않을까요?"

"사람은 그리 쉽게 죽지 않는다, 얘야."

홍칠개가 하얀 이를 드러냈다.

❧

신창양가와 사천당가를 뒤로한 채 천수장으로 향하는 한빈의 옆에서, 설화가 뒷머리를 긁적이고 있었다.

뭔가 미안한 표정의 설화를 본 한빈이 물었다.

"표정이 왜 그래? 설화야."

"아니에요, 공자님."

"혹시 나한테 짱돌 날린 것 때문에 그래?"

"아, 그게······."

"괜찮아. 실수할 수도 있는 거지."

"그게 아니라······."

"그럼 뭐 때문에 표정이 그런데?"

"공자님이 죽이라고 하셨잖아요."

"혹시 산적 얘기하는 거야?"

"네, 공자님이 죽이라고 하셨는데, 이상하게 죽이면 안 될 것 같아서 그냥 뒀어요. 그런데, 그게 공자님의 명을 어긴 것 같기도 하고······."

설화는 어물거리며 미안한 표정으로 한빈을 바라봤다.

그 모습에 한빈이 피식 웃었다.

"설화야."

"네, 공자님."

"이제 안 죽여도 돼."

"네?"

"나하고 있을 때는 사람 안 죽여도 된다고. 내가 명령을 내려도 상대의 목숨은 설화 네가 판단해서 결정하면 된다. 그게 앞으로의 규칙이다."

"헤헤, 정말로요?"

"그래, 그리고 내가 말하는 건 청화한테도 해당되니 그렇게 알고 있어."

"······."

청화는 아무 말도 못 하고 눈만 깜빡거리고 있었다.

그 모습에 한빈이 말했다.

"너희는 출신과는 관계없이 나와 있을 때까지는 내 시녀니까 그렇게 알아."

"공자님, 감사해요. 저도 죄송해요."

청화가 드디어 입을 열었다.

그런데 설화와 마찬가지로 청화 역시 정말 미안한 표정이다.

그 모습에 설화가 청화의 옆구리를 콕콕 찌르며 물었다.

"뭐가 죄송해, 청화야?"

"그게 조금 설명하기가……."

청화가 말을 얼버무리자 설화가 물었다.

"혹시 너도 공자님 지시를 어긴 거야? 죽이라고 했는데 반만 죽이고 그랬던 거야?"

"그게 아니고……."

청화가 다시 얼버무리자 한빈이 나섰다.

"설화야."

"네, 공자님."

"남들이 들으면 내가 살수의 수장인 줄 알겠다. 뭐가 죽이라고 했는데 반만 죽여?"

"헤헤, 그게 아니고요. 청화가 자꾸 말을 안 해서요. 무슨 죄송할 짓을 했는지는 저도 알아야 할 거 아니에요."

설화가 너스레를 떨자, 한빈이 눈매를 좁히며 말했다.

"아까 음식 훔쳐 먹은 거 때문에 미안해서 그러는 거 아니야? 내가 보기에는 딱 그건데."

"네, 맞아요."

청화가 고개를 끄덕였다.

한빈이 자신의 죄를 정확히 짚어 내자, 청화는 마치 면죄부를 얻은 것처럼 얼굴색이 돌아왔다.

그 모습에 한빈이 말했다.

"그것도 괜찮아. 어차피 그 보상은 다 하고 왔으니까."

"보상이요?"

"사천당가의 물건도 찾아 줬고 가게 주인이 입은 피해도 다 보상해 줬으니 청화가 미안해할 일은 없다."

"정말로요? 설마 공자님이……."

말끝을 흐리는 설화의 모습에 한빈이 피식 웃었다.

"우리 설화 많이 컸네."

"아, 아니에요. 공자님."

한 발 뒤로 물러서는 설화를 보며 웃던 한빈은 뭔가 생각난 듯 청화에게 시선을 돌렸다.

"청화야, 내가 한 가지 부탁을 해야겠다."

"말씀하세요, 공자님."

"남들이 있을 때는 가능하면 독은 먹지 말아라. 오해받는다."

"독이라니요?"

"사천당가의 탁자에 양념 통이 있었지?"

"네, 저 그거 음식에 뿌려서 먹었어요. 진짜 맛있었어요."

"그 양념 통에 들어 있는 게 독이었다."

"앗."

청화는 황급히 입을 막았다.

그 모습에 한빈은 잠시 하늘을 올려다봤다.

아직까지는 그녀에게 공독지체에 대해서 설명해 주지 않았다.

하지만 한빈이 평생 청화를 돌볼 수도 없는 일이니, 시간이 날 때 공독지체에 관해 아는 바를 설명해 줘야겠다 생각했다.

한빈은 천수장이 있는 방향을 바라봤다.

생각해 보니 괜히 마차를 멀리 놓은 듯싶기도 했다.

천수장이 있는 송화산과 마차가 있는 절호곡은 정반대 방향이었다.

앞장서서 가는 한빈을 뒤따라오면서 재잘재잘 수다를 떠는 설화와 청화.

한빈은 푸른 하늘에 떠 있는 뭉게구름을 벗 삼아 천천히 걸어갔다.

한빈이 혼잣말을 뱉었다.

"무릉도원이 따로 없구나."

"공자님, 무릉도원이라니요?"

"이렇게 보면 세상이 평화롭기만 한 것 같아서 말이다."

"평화롭다고요?"

"그렇잖아. 너희나 나나 지금은 아무 걱정이 없지. 뭐, 우리가 있는 하북도 그렇고."

"헤헤, 그렇죠. 당과가 있는 세상은 아름다운걸요."

"그래, 꼭 물 위에 떠 있는 백조 같구나."

"백조요?"

"백조는 우아하게 물 위에 떠 있지만, 그 아래를 보면 우아함을 지키려고 끊임없이 발버둥 치고 있지."

"그게 무림 같다는 말씀이시죠?"

"뭐, 그렇지."

"공자님."

"왜? 설화야."

"우리는 발버둥 치지 말아요."

"하하."

한빈이 기분 좋게 웃었다.

설화가 말하는 것이 너무나도 솔직했기 때문이다.

하지만 아직까지는 발버둥을 쳐야 할 때였다.

한빈은 시녀 둘과 선문답 같은 대화를 나누며 천천히 걸어갔다.

그러던 중 한빈이 외쳤다.

"자, 지금부터는 몸 좀 풀자!"

"네?"

설화가 놀라서 눈을 크게 떴다.

설화는 한빈이 몸을 풀자고 하는 뜻을 알았다.

한빈의 발이 점점 빨라지고 있었기 때문이다.

한빈이 외쳤다.

"나를 잡으면 저녁은 너희 마음대로 먹어도 좋다!"

그 말에 설화와 청화의 눈이 반짝였다.

물론 둘이 떠올린 음식은 각기 달랐다.

설화는 당과, 청화는 독이 발린 토끼구이였다.

토끼구이가 맛있다고 설화에게 들은 적이 있었다.

독을 양념 삼아 토끼구이를 뜯는다면 소원이 없겠다고 생각하며, 청화는 다리에 힘을 주었다.

휙.

한빈은 천천히 달렸다.

천천히라고 하지만, 구걸십팔보라는 걸출한 경공술 덕분인지 벌써 송화산 근처까지 왔다.

아직 소나무가 제 색을 찾지는 않았지만, 송화산의 소나무는 예전처럼 붉은빛은 아니었다.

이제 땅의 기운이 점점 정상으로 돌아오고 있다는 증거였다.

그때 뒤에서 청화와 설화의 헉헉대는 소리가 들려왔다.

"고, 공자님. 헉헉."

"저희 죽을 것 같아요, 헉헉."

설화와 청화가 오른손을 내밀며 다가왔다.

한빈이 발길을 멈췄다.

뒤를 힐끔 돌아보니 둘의 얼굴은 창백해져 있었다.

설화의 얼굴은 그나마 나았지만, 청화는 곧 죽을 것처럼 혈색이 안 좋았다.

한빈이 팔짱을 끼며 그들에게 다가갔다.

그때였다. 뒤쪽에서 거대한 기가 느껴졌다.

기척을 죽이지 않고 다가오는 것으로 봐서 한빈 일행의 존재도 알고 있는 자였다.

그런데 이렇게 기세를 피우고 다가온다라?

설화도 느꼈는지 청화를 뒤로 숨겼다.

점점 거리를 좁혀 오는 정체불명의 고수.

한빈은 상대의 경지를 가늠해 봤다.

그가 피워 낸 기세만 놓고 판단해 보면 화경의 고수가 틀림없었다.

한빈 일행은 멀쩡하지만, 뒤쪽 소나무들은 묘한 소리를 내며 흔들리고 있었다.

사각사각.

고수가 내는 기세의 영향을 받은 것이다.

과연 누굴까?

한빈은 허리에 찬 월아를 확인하고는 다시 전방을 바라봤다.

상대는 이제 점이 되어 보이기 시작했다.

시야에 들어온 것이다.

상대는 멈추지 않고 한빈이 있는 쪽을 향해 달려왔다.

점은 점점 커져서 이제는 사람의 형태임을 알아볼 수 있는 거리까지 왔다.

그것도 잠시, 고개를 갸웃했다.

상대는 거대한 돌을 짊어지고 있었다.

게다가 살기도 전혀 없었다.

거대한 돌판을 짊어지고 있는 데 비해, 복장은 상당히 화려했다.

돌을 짊어지고 다니는 고수는 이제까지 들어 본 적이 없었다.

거리는 이제 얼굴까지 확인이 가능할 정도로 좁혀졌다.

어라?

한빈이 다시 고개를 갸웃했다.

어디선가 많이 본 듯한 얼굴이었다.

한빈이 나지막이 말했다.

"혹시 황보……."

하지만 한빈은 말을 맺지 못했다.

다가온 이의 웃음소리 때문이었다.

"하하하!"

사자후처럼 내지르는 상대의 웃음소리에 설화와 청화가 움찔하며 뒤로 물러났다.

타다닥.

상대는 속도를 줄이지 않고 한빈의 앞까지 왔다.

그가 몰고 온 흙먼지는 어마어마했다.

그가 멈추자 흙먼지가 앞으로 쏟아졌다.

해일처럼 밀려드는 흙먼지.

한빈이 씩 웃으며 손바닥을 보였다.

'진룡파혼장.'

공손세가를 통해 익힌 진룡파혼장을 이렇게 쓸 줄을 몰랐지만, 어쨌든 한빈은 해일처럼 들이닥친 먼지를 걷어 냈다.

먼지가 걷히자 상대의 얼굴이 드러났다.

온화한 미소를 머금은 얼굴.

그가 한빈에게 말했다.

"잘 지냈는가?"

"여기까지는 무슨 일이십니까? 어르신."

한빈이 깊숙이 포권했다.

그는 다름 아닌 황보만청이었다.

한빈은 눈을 가늘게 떴다.

예전에 알던 황보만청의 기세가 아니었다.

그것도 잠시, 한빈의 눈이 커졌다.

황보만청에게서 진청색 점을 발견한 것이었다.

즉 그냥 구결이 아니라 지금 구결임을 뜻하는 것!

한빈이 주먹을 불끈 쥐었다.

한빈의 눈빛을 본 황보만청이 살짝 고개를 갸웃했다.

한빈을 모른다면 그러려니 하겠지만, 한빈이 웬만한 일에 속을 보일 인간이 아니었다.

얼마 전 함께 죽을 고비를 넘겼을 때도 저런 표정을 보이지는 않았었다.

자신과 가문을 구하고 나서 보상을 준다고 했을 때도 표정 하나 바뀌지 않았다.

그런데 한빈이 자신을 보고 놀란다라?

아무리 생각해도 이해가 되지 않을 일이었다.

그것도 잠시, 황보만청은 속으로 웃음을 삼켰다.

한빈이 황보만청, 자신의 성취에 놀라고 있다고 지레짐작한 것이었다.

사실, 이렇게 기세를 피워 내며 다가온 것에는 한빈을 깜짝 놀라게 하기 위한 의도도 있었다.

황보만청은 한빈과 헤어지고 작은 성취가 있었다.

다른 이들에게는 작은 성취라 겸손하게 말하지만, 사실 작은 성취가 아니었다.

"왜 그렇게 놀라나? 자네답지 않게."

황보만청이 모른 척 입꼬리를 올라자, 한빈이 손을 저었다.

"아무것도 아닙니다."

한빈의 말에 황보만청은 못 참겠다는 듯 다시 물었다.

"혹시, 내 성취에 놀라는 것은 아닌가?"

"그러고 보니 어르신의 성취에도 조금 놀랐습니다."

한빈이 마지못해 답했다.

"조금이라……."

황보만청이 삐진 듯 턱수염을 매만지며 말끝을 흐렸다.

그 모습에 한빈이 재빨리 말을 바꾸었다.

"제가 말한 조금은 태산입니다."

"하하, 태산이라? 자네에게 칭찬을 들으니 기분이 좋군."

"그런데 하북에는 무슨 일로 오신 겁니까? 어르신."

"상의할 일이 있어서 자네 존장을 만나러 가는 길이었다네."

"아버님을요?"

질문을 던진 한빈은 눈매를 좁혔다.

아무래도 강북 오대세가 사이에 전서구가 오간 듯싶었다.

황보만청이 한빈의 표정에는 아랑곳하지 않고 말을 이었다.

"본래는 하북팽가로 가던 길이었네만은……."

"그럼 이쪽 길이 아니지 않습니까?"

"아무래도 자네한테 먼저 들르는 게 이치에 맞을 것 같아서 방향을 바꾸었네. 그런데 궁금하지 않나?"

"궁금하다니요?"

"자네를 먼저 보는 게 왜 이치에 맞다고 했는지 말이네."

"뭐, 그야……."

한빈은 쓱 황보만청을 바라봤다.

그 모습에 황보만청이 웃었다.

"이유는 크게 두 가지일세."

"지금 저와 스무고개를 하기 위해 여기에 오신 건 아니시죠? 어르신."

"가장 큰 이유는 바로 이걸세."

황보만청이 자신의 등 뒤에 짊어진 짐을 보여 줬다.

등 쪽에 있는 짐을 업어치기 하듯 돌려서 내려놓는 황보만청.

거대한 돌덩이처럼 보이는 짐을 황보세가부터 짊어지고 왔다라?

조금은 의아한 상황이었다.

그런데 이렇게 내려 꽂으니 호기심이 동할 수밖에 없었다.

내려 꽂히는 짐을 본 한빈의 눈이 커졌다.

바위인 줄 알았는데, 가까이에서 보니 현철로 만든 네모난 덩어리였다.

다듬은 현철의 앞면에는 제법 많은 선이 그어져 있었다.

바둑판이 분명했다.

그냥 바둑판이 아니라 현철로 만든 거대한 바둑판.

황보만청이 내려놓은 바둑판에 한빈이 놀라고 있을 때였다.

어찌나 세게 내려놓았는지, 먼지바람이 몰려왔다.

휘휙!

쾅.

한빈의 뒤에 있던 설화와 청화도 강풍을 그대로 맞아야 했다.

순간 청화의 머리 위에서 뭔가가 날아갔다.

휘릭.

순간 청화의 머리가 그대로 드러났다.

어떻게 된 일일까?

천독에게 당한 상처는 완벽히 치료했지만, 머리카락은 아직 회복하지 못한 상태여서 까까머리로 있는 것이었다.

문제는 청화가 여자아이라는 점이었다.

청화는 까까머리를 받아들일 수 없어 했다.

설화도 한빈을 설득했다.

시녀가 까까머리면 주군인 한빈도 주지승으로 오해받을 수도 있다고 했다.

고민하던 한빈은 그녀에게 가발을 선물했다.

한빈이 변장 용도로 쓰는 수많은 가발 중에 가장 실한 놈으로 골라 주었다.

청화도 그걸 아는지, 가발을 애지중지 아껴서 써 왔다.

그녀에게 가발은 목숨과도 같은 존재였다.

그런데, 지금 그 가발이 바람에 날아간 것이었다.

어이없는 상태에 한빈마저 살짝 입을 벌렸다.

가발은 바람을 타고 새처럼 점점 멀어져 갔다.

사태를 수습한 것은 설화였다.

설화가 바람에 몸을 싣고 허공으로 날았다.

휘릭.

하지만, 점점 멀어지는 가발.

펄럭.

설화가 허공을 박차고 속도를 높였다.

손을 뻗은 설화가 겨우 가발을 공중에서 낚아챘다.

탁.

설화는 재빨리 제자리에 돌아와 청화에게 가발을 다시 씌워 줬다.

청화는 그제야 얼굴을 들었다.

그녀의 얼굴은 먼지 반 눈물 반이었다.

설화는 매섭게 황보만청을 쏘아봤다.

일개 시녀가 한 가문의 가주를 쏘아본다라?

어찌 보면 상상도 할 수 없는 일이었지만, 황보만청도 설화가 보통 시녀가 아니라는 것을 알고 있기에 헛기침으로 답했다.

"흠."

"왜, 그러셨어요?"

"아니, 내가⋯⋯."

황보만청은 말끝을 흐렸다.

설화뿐 아니라 한빈까지 곱지 않은 눈빛으로 자신을 바라보고 있었기 때문이다.

"허, 실수하셨습니다. 어르신."

"⋯⋯."

뭐, 황보만청의 입장에서는 억울한 면이 있었다.

한빈의 새로운 시녀가 가발을 썼는지를 어찌 알 수 있었겠는가?

황보만청은 이 난국을 수습하기 위해 가장 쉬운 방법을 선택했다.

그는 재빨리 품 안을 뒤졌다.

품 안에서 뭔가를 꺼내더니 한빈을 지나 청화에게 다가갔다.

황보만청은 청화에게 말했다.

"이건 사과의 의미이니, 받아 두거라."

황보만청이 내민 손끝이 유난히 반짝였다.

어찌나 반짝이는지 설화의 눈도 반짝였다.

황보만청이 검지와 엄지로 잡고 있는 것은 금화였다.

하지만 청화는 금화를 보고 영문을 모르겠다는 듯 고개를 갸웃했다.

그 모습에 설화가 청화 대신 손을 내밀었다.

황보만청이 금화를 건네려 할 때였다.

손을 내밀던 설화가 뭔가 생각난 듯 동작을 멈췄다.

그 모습에 한빈이 말했다.

"받아도 괜찮아. 요즘 어르신의 전낭에는 돈이 마를 날이 없으니까."

한빈의 말에 설화가 고개를 갸웃했다.

"공자님, 그게 아니라요……."

"그럼 안 받는 이유가 대체 뭐지?"

"아까 품 안에서 분명히 금화 두 닢을 꺼내셨거든요. 그런데 지금은 한 닢밖에 없어서요."

설화의 말에 한빈이 웃음을 터뜨렸다.

"푸읍."

그 웃음에 황보만청이 물었다.

"왜 그러나?"

"어르신, 들키셨습니다. 그냥 다 주셔야 할 것 같습니다."

"흠, 들키다니?"

"처음에 빼실 때 실수로 두 닢을 꺼내지 않으셨습니까? 그런데 두 닢은 너무 많다 생각하시고 감추신 거 아닙니까?"

한빈이 씩 웃으며 금화를 잡은 손을 가리켰다.

검지와 엄지는 금화를 잡고 있었지만, 나머지 세 손가락은 손바닥에 딱 붙이고 있었다.

황보만청이 기분 좋게 웃었다.

"하하. 내 수법을 알아냈으니, 이것도 받거라."

그가 손가락을 마저 펴자 그곳에서는 금화 한 닢이 더 나왔다.

설화는 그제야 손을 벌렸다.

금화 두 닢을 챙긴 설화는 청화를 쓰다듬었다.

"청화야, 고생했어."

"원래 이렇게 돈 벌기가 쉬운 거예요?"

"때에 따라서는……."

"언제든 준비하고 있을게요."

청화는 비장한 각오로 입술을 앙다물었다.

그 모습에 황보만청이 환하게 웃었다.

그것도 잠시, 황보만청이 뭔가 생각났는지 하늘을 보며 한숨을 쉬었다.

"우리 가문의 금나수가 이렇게 쉽게 간파당하다니 아직도 멀었군, 멀었어……."

금나수란 손가락을 쓰는 조법의 일종으로, 소위 말해 낚아채는 기술이다.

황보만청의 한숨이 잦아들기도 전에 한빈이 한 걸음 다가가며 물었다.

"그런데 이게 뭡니까? 어르신."

"보면 모르나? 바둑판이지."

"저도 눈이 있기에 바둑판이라는 것은 압니다. 그런데 이런 거대한 바둑판을 짊어지고 다니시는 게 이해가 안 가서 그럽니다, 어르신."

"이건 내가 이번 깨달음을 통해 얻은 내 애병(愛兵)이라네."

"애병이요?"

"그렇다네. 자네 덕분에 내가 좋아하는 것은 검이 아니라 바둑이라는 것을 알았지. 그러니까……."

황보만청은 입가에 미소를 띤 채 가볍게 설명을 이어 나갔다.

그의 이야기에 한빈의 눈이 점점 커졌다.

황보만청이 쓰던 병기는 검.

그런데 하루아침에 자신의 병기를 바꾼다?

문제는 무공까지 새로 만들어 냈다는 것이었다.

분명 느껴지는 기세는 전과 달라졌다.

깨달음이 있었던 것이 분명했다.

하지만 초식을 만드는 일은 차원이 다른 분야였다.

그가 잠시 말을 끊자 한빈이 물었다.

"무공을 만드셨다는 말입니까?"

"허허, 그건 아닐세."

"그럼 대체……."

"자네와 대국을 두던 바둑판에서 발견했네."

"대국을 두던 바둑판이라면, 비동 속의 방 말입니까?"

"자네가 돌아가고 나는 그 방을 샅샅이 뒤져 봤다네. 한 며칠을 뒤지다 보니 거기에서 정체불명의 기보 하나를 발견했네."

"그럼 그 기보 덕분에……."

"그 기보대로 방에 돌을 놓다 보니 비급 하나를 발견할 수 있었지."

"아."

한빈이 이제야 이해가 되었다는 듯 고개를 끄덕였다.

그때 황보만청이 말했다.

"그래서 하는 말인데, 지금 어떤가?"

황보만청은 한빈에게 가장 먼저 자신의 새로운 무공을 보여 주고 싶었던 것이었다.

물론 한빈도 그의 표정에서 감정을 읽을 수 있었다.

거기에 더해 진청색 점은 아직도 일렁이고 있었다.

"좋습니다."

한빈이 기분 좋게 답했다.

설화는 재빨리 청화를 데리고 뒷걸음쳤다.

몇 걸음 물러난 청화가 물었다.

"이 정도만 해도 될 것 같은데요."

"아니야. 조금은 더 가야지 안전해."

"……."

"조금 격렬한 비무가 될 것 같은 느낌이 방금 들었거든."

말을 마친 설화는 청화의 옷소매를 잡아끌고 오십 걸음이나 떨어진 곳에서 멈췄다.

깨끗한 바위 위에 걸터앉은 설화는 짐 속에서 뭔가를 주섬주섬 꺼냈다.

그 모습에 청화가 물었다.

"뭘 그렇게 찾아요, 언니?"

"아, 찾았다."

설화가 꺼낸 것은 붓을 말아 놓은 것처럼 길쭉하게 포장한 물건이었다.

청화가 물었다.

"붓이에요? 기름종이에 싸 놓은 걸 보면 귀한 건가 봐요, 언니."

"······."

설화는 말없이 조심스럽게 기름종이를 벗겨 냈다.

턱을 괴며 설화를 보던 청화가 입을 벌렸다.

"앗, 당과네요!"

"그래, 비무 구경에는 당과가 최고지."

멀리서 기수식을 취하던 한빈이 빙긋 미소를 지었다.

설화와 청화의 대화가 들린 것이다.

황보만청이 말했다.

"어린아이들에게 구경거리가 되니 기분이······."

"안 좋으십니까?"

"아니, 좋네. 하하. 왠지 오늘 비무는 내가 이길 것 같은 기분이 들어."

"그럼 시작하겠습니다."

한빈이 재빨리 황보만청을 향해 날았다.

'일촉즉발.'

가볍게 황보만청의 새로운 무공을 파악하려는 동작이었다.

황보만청은 한빈의 검을 피하지 않고 도리어 앞으로 뛰어나왔다.

덕분에 둘의 거리는 눈 깜짝할 사이에 좁혀졌다.

황보만청이 외쳤다.

"일벌백계(一罰百戒)라는 초식일세!"

말을 마친 황보만청이 현철로 된 바둑판을 앞으로 쓱 내밀었다.

눈앞으로 다가온 황보만청의 바둑판에 한빈이 눈을 크게 떴다.

황보만청이 갑자기 바둑판을 뒤집었기 때문이다.

묘한 것은 바둑판 뒷면에도 똑같이 선이 그려져 있다는 점이었다.

그런데 바둑판에 찍혀 있는 점, 즉, 귀, 변, 천원에 찍혀 있는 점의 크기가 예사롭지 않았다.

한빈은 재빨리 동작을 멈추고 월아를 바닥에 찍었다.

하지만, 계속 다가오는 바둑판.

그 바둑판의 중앙의 점, 즉 천원에서 뭔가가 툭 튀어나왔다.

그것은 검신이었다.

한빈은 재빨리 왼손을 내밀었다.

'진룡파혼장.'

한빈의 힘이 황보만청의 공격을 허공에서 격파했다.

팡.

동시에 천원에서 튀어나온 검신이 스르륵 들어갔다.

한빈과 황보만청은 각각 세 걸음씩 물러났다.

한빈은 고개를 갸웃했다.

아까는 진청색으로 보였는데 지금 보니 색이 변해 있었던 것이다.

상대방의 무력에 따라서 구결을 나타내는 점이 바뀌는 것은 당연할 일.

혹시 천급?

한빈이 눈매를 좁혔다.

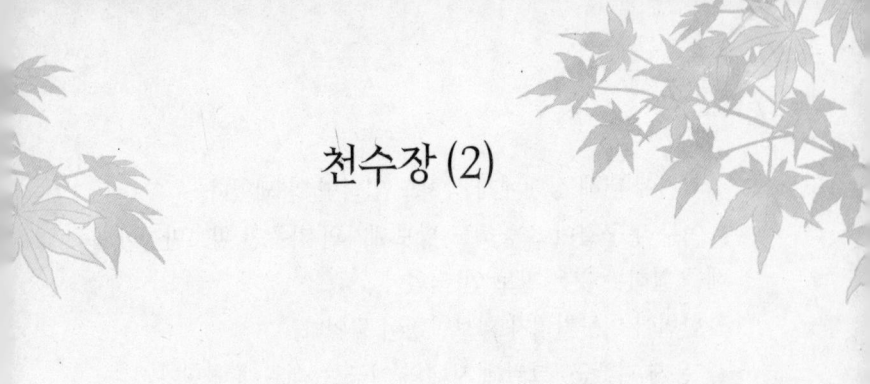

천수장 (2)

진청색이 아닌 노란색의 점.

일렁이지만 않는다면, 염료가 묻었다고 착각할 정도로 선명했다.

한빈은 심호흡을 하며 상황을 정리했다.

호기심이 머릿속을 채우지만, 우선은 이 비무에서 저 구결을 얻는 것이 먼저였다.

지금 상태로는 구결을 얻어 내는 것은 상당히 힘들 것 같았다.

첫수만 교환했지만, 상황은 분명했다.

황보만청의 바둑판에 묘하게 검이 꼬이는 상황이다.

묘한 무기에 처음 보는 초식.

거기에 더해 상대에게 상처도 입히면 안 되었다.

아무리 구결이 소중해도 황보세가의 가주인 황보만청에게 해를 입히는 것은 말도 안 되었다.

한빈이 머뭇거리자 황보만청이 물었다.

"용케 피했군. 그런데 자네의 지금 초식은 대체 뭔가?"

"……."

용린검법의 초식을 말해 줄 수는 없는 일.

한빈은 재빨리 머리를 굴렸다.

그 모습에 황보만청이 피식 웃었다.

"오호, 이번에도 비밀인 모양이군."

말을 마친 황보만청은 잠시 바둑판을 내려놓았다.

한빈은 몇 가지 단어를 떠올린 후 입을 열었다.

"입계의완(入界宜緩)입니다."

말을 마친 한빈이 어깨를 으쓱했다. 초식의 본래 이름 대신 바둑의 위기십결 중 하나를 대신 말한 것이었다.

바둑에 임하는 요령인 위기십결 중 입계의완이란, 상대의 세력에 뛰어들 때는 완만하게 들어가라는 말이었다.

황보만청이 고개를 끄덕였다.

"오호, 제법 그럴듯하군. 그런데 계속하겠는가? 표정을 보니 당황한 것 같네만."

"검을 쓰시던 어르신이 바둑판을 들고 계시니 당황할 수밖에 없지 않습니까? 뭐, 호기심 때문이라도 끝까지 가야겠

네요."

"오호, 역시 자네야."

"그럼 이번에는 어르신이 오시죠."

"그럼 가겠네."

황보만청이 한빈을 향해 짓쳐 들었다.

그가 든 거대한 병기 때문인지, 한빈의 귓가에 파공성이 들려왔다.

팡!

한빈은 눈을 가늘게 떴다.

속도가 문제가 아니었다. 병기의 면적이 문제였다.

그보다 더 큰 문제는 황보만청의 속도가 한빈의 검에 뒤지지 않는다는 점이었다.

한빈은 이 문제를 쾌(快)와 중(重)을 섞어 해결하기로 했다.

빠름과 무거움이 어떻게 어울릴 수 있을까?

한빈에게는 가능했다.

구결십팔보와 전광석화는 빠름의 초식이었으며, 응용편에는 한빈의 초식 중 가장 무거운 초식이 있었다.

'파혼검.'

월아의 검신에 묘한 일렁임이 피어났다.

파혼의 힘을 나타내는 불꽃.

한빈은 파혼검으로 황보만청의 병기를 밀어 내기로 한 것이다.

거리를 좁히는 월아와 황보만청의 병기.

한빈은 고개를 갸웃했다.

황보만청의 바둑판도 변하고 있기 때문이었다.

월아를 감싼 검기에 맞서 황보만청의 병기도 일렁이기 시작한 것.

팅!

한빈이 눈매를 좁혔다.

파혼검의 초식이 힘없이 튕겼다.

파혼검의 근본은 무거움, 그런데 황보만청의 바둑판이 가지는 무거움을 넘지 못한 것이 분명했다.

팅, 팅.

한빈의 월아와 황보만청의 병기가 징처럼 산자락에 울렸다.

푸드득.

소리에 놀란 산새들이 다급히 날갯짓하며 자리를 떠났다.

새들의 날갯짓 소리에 한빈과 황보만청이 동시에 물러났다.

이번에는 한빈이 먼저 입을 열었다.

"어르신, 지금 초식은 무엇입니까?"

"난공불락(難攻不落)이네."

"지금의 위세에 딱 어울리네요."

"고맙네."

"그럼 내 차례인가?"

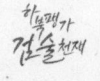

"잠시만 시간을 주시죠."

"오, 수를 읽을 시간이 필요하다는 것인가?"

"……."

한빈은 아무 말 없이 생각에 잠겼다.

황보만청과 하는 비무는 대국(大局)에 가까웠다.

한빈이 아무 말 없이 생각에 잠기자, 황보만청은 기분 좋게 수염을 쓸어내렸다.

황보만청은 한빈에게 수를 읽을 시간을 주기로 했다.

그는 자신과 한빈이 쓰는 초식 하나가 바둑의 돌 하나와 마찬가지라 생각했다.

바둑에서 돌 하나라?

그것은 대국의 전체를 가를 수 있는 한 수였다.

잘못해서 한 수를 실패한다면?

볼 것도 없이 패배로 이어진다.

황보만청이 보기에 이 비무도 마찬가지였다.

이제까지는 정석에 벗어나는 수법은 없었다.

황보만청이 한빈에게 원하는 것은 묘수였다.

자신이 새로 얻은 병기와 초식에 대해 자랑하고 싶은 마음보다는, 허점을 점검하고 싶은 것이 황보만청의 의도였다.

한빈은 잠시 승부에서 벗어나 깊은 고민에 빠졌다.

주위를 돌아보던 한빈의 눈빛이 바뀌었다.

뭔가 실마리를 얻은 것이었다.

승부라는 것은 자신과 월아만이 무기가 되어선 안 되었다.

주변의 지형이나 사물도 아군으로 만들어야 했다.

주위를 살피던 한빈의 시선이 한 곳에 멈췄다.

황보만청이 바둑판을 내려놨던 곳이었다.

아까 무지막지하게 바둑판을 내려놨을 때는 먼지가 풀풀 날리던 곳인데, 지금은 묘하게 젖어 있었다.

그렇다면?

한빈은 입꼬리가 올라가려는 것을 겨우 멈췄다.

그에게 구걸을 얻을 방법이 생각난 것이었다.

그때 황보만청이 외쳤다.

"그럼 들어가겠네! 준비하시게!"

황보만청이 한빈 쪽으로 짓쳐 들었다.

휙, 한빈은 월아를 뻗었다.

동시에 황보만청의 바둑판이 파공성을 내며 앞쪽으로 다가왔다.

마치 한빈을 짓뭉갤 듯한 묵직한 기세였다.

검을 뻗던 한빈이 춤을 추듯 옆으로 빠졌다.

사사삭.

순식간에 황보만청의 공격 범위에서 벗어난 한빈.

그때 한빈이 진각을 밟았다.

쿵.

가벼운 구걸십팔보의 움직임이 아니었다.

그렇다고 공격과 연관된 동작도 아니었다.

황보만청에게서 몇 걸음은 떨어진 곳에서 밟은 진각이었다.

한빈의 동작은 몇 번씩 반복되었다.

서로의 병장기가 맞닿기 전에 한빈은 검을 빼내었다.

황보만청은 한빈의 초식이 이해가 안 되었다.

그도 한빈의 경공술을 익히 알고 있었다.

한빈이 도망가려 한다면 잡을 수 없는 속도.

하지만, 지금은 비무 도중이 아니던가?

그런데 이렇게 도망을 간다?

더 이해가 안 되는 것은 사라진 후 자신의 위치를 알리듯 내공이 실린 진각을 밟은 것이었다.

이유가 무엇일까?

황보만청은 한빈의 의도가 궁금했다.

호기심이 이는 동시에, 오기도 생겼다.

황보만청은 소리가 들릴 때마다 확인도 하지 않고 방향을 바꾸었다.

그는 자신의 초식을 한빈이 파훼하지 못하리라는 자신이 있었다.

그가 그토록 자신하는 이유는 절대적인 크기의 차이에 있었다.

얇고 뾰족한 검과 거대한 바둑판.

마치 창과 방패의 대결과도 같았다.

문제는 방패라 생각한 무기가 때에 따라서는 뾰족한 창날이 될 수도 있다는 점이었다.

거기에 황보만청의 바둑판은 한빈의 검만큼이나 빨랐다.

휘릭.

한빈의 신형이 다시 사라졌다.

황보만청은 이제 호기심을 지웠다.

한빈에게 얻을 게 없다고 생각한 것이다.

황보만청은 절대적인 차이를 극복하기 위해 한빈이 저돌적으로 공격을 해 올 줄 알았다.

아니면, 자신의 초식을 파악하기 위해 가볍게 부딪치거나.

그런데 한빈은 계속 발을 빼고 있었다.

이것은 한빈이 계속 시간만 벌려는 의도로 보였다.

바둑에서 수를 읽는 시간은 공평해야 했다.

언제까지 한빈에게 시간을 줄 수는 없었다.

황보만청은 소리에 맞춰 한빈을 급하게 따라잡기 시작했다.

비슷한 상태가 계속 이어질 때였다.

황보만청의 귓가에 한빈의 목소리가 들려왔다.

"이번에는 제가 들어가겠습니다."

하지만 파공성은 다른 쪽에서 들려왔다.

슝!

그 소리에 황보만청은 재빨리 자신의 병기를 돌렸다.

쉬익!

그때, 황보만청이 눈을 가늘게 떴다.

손에 아무 감각도 잡히지 않았기 때문이다.

또 한빈이 도망친 것이다.

그때 한빈이 진각을 밟는 소리가 울렸다.

쾅!

이번에는 태산이 무너질 정도의 굉음이었다.

소리가 들린 곳은 자신의 바로 앞.

순간 불길한 예감이 황보만청의 등줄기를 타고 올라왔다.

비동에서 이 바둑판과 비급을 발견하고 자신이 천하제일
이 되는 것은 시간문제라 생각했다.

그런데, 이 불길한 느낌은 무엇이란 말인가?

그때 묘한 소리가 발아래에서 들렸다.

쏴아-악.

수맥이 터지는 소리와 함께, 발아래 흙이 사방으로 비산하
고 있었다.

물줄기가 튀어나와 흙과 섞여 나오는 것.

발아래에서 튀어나오니, 황보만청도 당황할 수밖에 없었다.

산자락에서 왜 물줄기가?

황보만청은 한 발 뒤로 물러나 흙탕물로 가려진 시야 사이
로 한빈을 찾았다.

한빈은 그림자도 보이지 않았다.

거기에 더해 더는 진각을 밟는 소리도 들리지 않았다.

아차!

황보만청이 급하게 뒤로 물러나려 할 때였다.

퍽! 옆구리에 통증이 느껴졌다.

황보만청은 이를 악물고 뒤쪽으로 물러나 상황을 바라봤다.

열 걸음 정도 떨어진 곳에서 한빈이 자신을 바라보고 있었다.

황보만청이 헛기침했다.

"흠, 당했군."

황보만청의 목소리에 한빈은 번뜩 정신을 차렸다.

[용안(龍眼)으로 구결을 확인합니다.]

[융합편의 보충 구결을 획득하셨습니다.]

[융합편의 보충 구결은……]

장황한 설명은 나중에 확인하기로 한 한빈은 시선을 돌렸다.

한빈은 황보만청을 향해 살짝 고개를 숙인 후 말을 이었다.

"꼼수였습니다. 죄송합니다, 어르신."

"꼼수라? 꼼수가 아니라 자네도 깨달음을 얻은 것 같군. 그래, 자네의 수법은 대체 무엇인가?"

"수맥타공(水脈打孔)이라고 합니다."

사실 이런 이상한 이름의 무공 초식은 없었다.

한빈이 상황에 맞춰 지어낸 이름이었다.

황보만청이 그럴듯하다는 듯 고개를 끄덕였다.

"흠, 초식의 이름이 오묘하군."

"사실, 무공 초식이 아닙니다."

"무공 초식이 아니라고?"

"글자 그대로 저는 바닥에 흐르던 물길을 뚫은 것뿐입니다. 그 초석은 어르신이 다지셨군요."

"내가 초석을 다졌다고? 그게 무슨 말인가?"

"그러니까……."

한빈의 설명에 황보만청은 입을 벌렸다.

한빈이 쓴 수법은 꼼수가 맞았다.

화경에 고수에게 꼼수가 통한다라?

그건 말도 안 되었다.

그런데, 그 말도 안 되는 일이 일어난 것이다.

한빈의 설명은 이랬다.

바둑판을 세게 내려놓는 바람에 물줄기가 흐르던 바닥에 작은 흠이 생겼다는 것이었다. 한빈은 내공을 실은 진각으로 그 흠을 구멍으로 만들었다는 것이었다.

물길이 터지며 물줄기가 솟구치는 것은 당연한 일.

그래도 이해가 안 가는 것이 하나 있었다.

"그럼 하나만 묻겠네."

"말씀하시지요."

"어떻게 정확히 내 발밑에서 물줄기를 터뜨릴 수 있었지? 그건 도저히 이해가 안 가는군."

질문을 던진 황보만청의 표정은 진지했다.

그는 한빈의 수법이 묘수일지도 모른다고 기대하고 있었다.

한빈은 대수롭지 않다는 듯 웃으며 말을 이었다.

"그건 더 간단합니다."

"간단하다니……?"

"제가 찾아갈 필요도 없이 어르신이 저를 따라오지 않았습니까?"

"내가 따라갔다라?"

"그렇죠. 제가 진각을 밟는 소리를 따라서요. 사실 저는 한 곳만 밟았거든요."

한빈이 가리킨 곳은 물줄기가 새어 나오는 곳이었다.

이제는 흙탕물이 걷히고 제법 맑은 물이 나오고 있었다.

황보만청은 자신도 모르게 웃었다.

"하하."

기분 좋은 웃음이었다.

한참을 웃던 황보만청은 뭔가 정리하려는 듯 고개를 들어 하늘을 올려다봤다.

그 모습을 보던 한빈도 마주 고개를 들었다.

물론 한빈이 보는 것은 용린검법이었다.

[융합편의 초식에 보충 초식이 추가됩니다.]

[진룡파혼검. 선(線)]

[진룡파혼검 중 선의 초식은 심(心)의 구결 다섯 개를 필요로 합니다. 파혼의 힘을 선에 모을 수 있습니다. 하지만 힘은 상대적인 것입니다. 경지가……]

한빈은 조용히 고개를 끄덕였다.

경지가 두 단계 차이 난다면 진룡파혼검의 초식은 무용지물이 된다는 것이었다.

선에 힘을 모으는 동시에 바로 사용할 수 있다는 것은 이 초식의 장점이었다.

그때 황보만청의 목소리가 울렸다.

"한 판 더 어떤가?"

마치 바둑 한 판 두자는 듯 편하게 제안하는 황보만청.

한빈이 웃으며 답했다.

"좋습니다."

"그럼 내가 먼저 가겠네."

그들의 비무를 바라보던 설화는 한숨을 내쉬었다.

"휴, 언제까지 저러고 있으시려나?"

"그러게요."

"당과도 다 떨어졌는데……."

그러나 수다를 떨던 설화는 말을 맺지 못했다.

그만큼 눈앞에는 말도 안 되는 일이 벌어진 것이다.

눈앞에 벌어진 광경에 청화가 설화의 소매를 잡아끌었다.

"가 봐야 하지 않을까요?"

"……"

설화는 말없이 한빈과 황보만청을 바라봤다.

둘의 모습만 보면 특이한 점은 없었다.

한빈과 황보만청은 정지한 채 서로를 바라보고 있었다.

그들의 가운데로 드리운 석양은 한 폭의 수묵화에 붉은 인장을 찍어 놓은 느낌이었다.

하지만, 그들의 모습을 자세히 들여다보면 상황이 묘했다.

한빈이 바라보고 있는 것은 황보만청의 바둑판.

황보만청도 역시 자신의 병기를 바라보고 있었다.

그의 병기는 반쪽으로 분리된 채 덜렁거리고 있었다.

자신의 애병을 바라보는 황보만청의 눈에는 습기가 차올랐다.

그들의 표정을 살피던 설화가 청화를 보며 손을 내저었다.

"우리는 마지막까지 조용히 지켜보는 게 좋을 것 같아. 청화야, 우리 공자님이 항상 말씀하셨지."

"뭐라고요?"

"강 건너 불구경이 제일 재미있다고."

"불구경이요?"

"저 정도면 언제든 불이 나도 이상하지 않지. 안 그러니?"

"아."

청화가 입을 벌렸다.

설화와 청화가 조용히 상황을 지켜보고 있을 때였다.

탕.

묵직한 소리가 황보만청 쪽에서 울렸다.

덜렁거리던 바둑판의 반쪽이 땅에 떨어진 것이다.

그 소리에 한빈이 입을 열었다.

"어르신, 죄송합니다."

"……."

황보만청은 아무 말도 하지 못했다.

그의 눈빛이 살짝 떨렸다.

한빈은 위로하듯 말을 이었다.

"그런데 그 바둑판의 이름이 뭐였습니까?"

"천궁(天宮)이었다네, 조금 전까지는 말이야."

"아, 천궁이었군요. 좋은 이름이었습니다."

"그래, 좋은 이름이었지……."

"그리고 좋은 무기였습니다."

"내 애병과 작별을 고하기에는 좀 이른 감이 있네만
은……."

말끝을 흐린 황보만청이 자리에 쪼그려 앉아 반쪽만 남은
바둑판을 살폈다.

사실 황보만청은 지금의 일이 믿어지지 않았다.

월아가 심상치 않은 기세를 뿜어내기에, 이전처럼 난공불락의 초식으로 맞섰다.

그런데 자신의 천궁이 반 토막이 난 것이다.

검과 검이 부딪쳐 부러졌다면 이해가 될 것이었다.

하지만, 지금은 검과 검이 아닌 거대한 바둑판과 검이 부딪친 상황.

검이 반 토막 나야 할 상황이었다.

그런데 반대로 자신의 바둑판, 즉 천궁이 반 토막 났다.

문제는 천궁이 보통 무기가 아니었다는 점이었다.

천궁과 천운이 만나면 황보세가의 무학이 꽃을 피우리라는 것이 비급의 마지막 가르침이었다.

황보만청은 떨어진 반쪽을 붙이기 위해 이리저리 맞춰 봤다.

하지만 아무 소용 없는 일이었다.

한빈도 상황이 이리될 줄은 몰랐다.

융합편, 그중에서도 진룡파혼검의 선(線)의 초식을 사용해서 천궁에 맞섰다.

그런데 이 초식은 진룡파혼검의 기운을 말 그대로 선에 집중시켰다.

더 놀라운 것은 무지막지한 크기의 천궁을 베면서도 아무런 느낌도 없다는 점이었다.

하북팽가
검술천재

베었다는 느낌보다는 부딪치는 동시에 천궁이 깨진 것 같은 기분이었다.

파혼의 힘으로 상대를 눌렀다기보다는 천궁이 알아서 굴복했다는 것이 맞을 것이었다.

사실 한빈도 지금의 상황이 얼떨떨하기는 마찬가지였다.

기쁨도 잠시, 지금은 수습이 먼저였다.

황보만청에게 천궁이 어떤 의미인지, 한빈은 이번 비무를 통해서 알아냈다.

천궁은 황보만청의 희망 그 자체.

한빈은 황보만청을 어떻게 달래야 하나를 고민하다가 뭔가를 떠올렸다.

그것은 전생의 기억이었다.

황보세가에서 특이한 검법이 발견되었다는 소식이 일파만파 퍼진 적이 있었다.

하지만 누구도 그 검법의 실체를 확인한 이는 없었다.

설마…….

의문을 떠올린 한빈이 반쪽 난 천궁을 자세히 들여다봤다.

천궁의 재질은 현철.

현철은 은색과 묵색이 섞인 듯한 묘한 색을 띠고 있었다.

천궁도 마찬가지였다.

그런데 자세히 보니, 현철과는 다른 것이 천궁의 내부에서 언뜻 보였다.

그것을 확인한 한빈이 입 모양으로 외쳤다.

"지필묵!"

상황을 주시하던 설화는 눈을 크게 떴다.

이 상황에서 지필묵이라니, 이해가 안 되었던 것이다.

하지만, 한빈의 지시.

설화는 짐 속에서 재빨리 지필묵을 챙겼다.

지필묵을 꺼내자마자 한빈은 눈 깜짝할 사이에 달려와 붓을 낚아챘다.

묵을 갈아 넣은 대나무 통에 살짝 붓끝을 담근 뒤 일필휘지로 적어 나갔다.

그것도 잠시, 한빈은 어느새 사라졌다.

한빈이 다시 나타난 곳은 망연자실 천궁을 바라보고 있는 황보만청의 옆.

한빈이 조심스럽게 입을 열었다.

"어르신, 그래도 다행입니다."

"다행이라니, 그게 무슨 말인가?"

"잘 보십시오. 옆면으로 쪼개지는 바람에 선들은 멀쩡하지 않습니까?"

한빈이 천궁의 위쪽을 가리켰다.

한빈의 말대로 천궁의 위쪽에 있는 선들은 멀쩡했다.

바둑판의 형태는 지니고 있는 것이었다.

하지만 그것이 위로가 될 수는 없었다.

"자네 지금 나를 놀리는 것인가?"

"아닙니다. 잘 생각해 보십시오."

"뭘 생각하란 말인가?"

"천궁은 저도 처음 보는 형태의 병기입니다."

"그런데?"

"이상한 형태를 가진 병기의 재질이 현철입니다."

"그렇지. 현철이 이렇게 쪼개질 줄은……."

"쪼개진 걸까요? 아니면 열린 것일까요?"

"그, 그게 무슨 말인가?"

"제가 한번 살펴봐도 되겠습니까?"

"……."

황보만청은 쪼개진 천궁과 한빈을 번갈아 바라봤다.

망가진 천궁을 한빈에게 맡길지 확신이 서지 않아서였다.

그때 한빈이 말했다.

"뭐, 잘만 하면 제가 고칠 수도 있을 것 같아서 드리는 말씀입니다."

"흠."

황보만청은 한빈을 바라보며 턱수염을 쓸어내렸다.

고민도 잠시, 그는 천천히 고개를 끄덕였다.

"그럼 자네가 책임지게나."

"어르신의 말씀대로 제가 책임지겠습니다."

"……."

황보만청은 수염을 쓸어내리며 한빈을 바라봤다.

한빈은 웃음으로 시선을 받았다.

그것도 잠시 한빈이 표정을 굳혔다.

"하지만 책임에는 힘이 따르는 법이라 배웠습니다."

"그거 반대 아닌가?"

"뭐, 그게 그거죠."

"그런데 어떻게 책임을 질 텐가?"

"뭐, 제가 책임지는 방식은 아시지 않습니까?"

"자네의 방식이라?"

"여기 있습니다."

한빈은 미리 적어 놓은 계약서를 황보만청에게 건넸다.

황보만청은 반사적으로 계약서를 받았다.

그는 단숨에 계약서의 내용을 확인하고 고개를 갸웃했다.

계약서에는 책임을 어떻게 질지에 대한 내용보다는, 이익을 어떻게 나눌지가 적혀 있었다.

반쪽으로 갈라진 천궁에서 어떤 이익을 얻을 수 있다는 말인가?

황보만청이 의문에 대한 해답을 찾으려 할 때, 한빈은 쓱 붓을 건넸다.

"여기 서명하시면 됩니다. 제 서명은 미리 해 놨습니다."

"……."

"뭐, 싫으시면 말고요. 솔직히 비무하다가 무기가 상했다

고 상대 탓을 하실 거라고는 생각하지 않습니다. 제가 이 계약서를 내민 것은 어르신을 도와드리기 위함입니다."

한빈은 건네려는 붓을 도로 챙기고는 황보만청이 들고 있는 계약서마저 뺏으려 했다.

순간 황보만청이 재빨리 계약서를 숨기는 동시에 한빈이 다시 가져간 붓을 낚아챘다.

어찌나 다급했는지 그냥 가져간 것이 아닌, 황보세가 특유의 금나수인 황룡조오의 수법까지 쓰면서 말이다.

한빈은 속으로 입맛을 다셨다.

일단 표정을 보니 넘어온 것 같았다.

아니나 다를까.

황보만청은 계약서 두 장에 바로 서명을 하더니 그중 하나를 한빈에게 돌려주었다.

그러고는 팔짱을 끼고 한빈을 바라봤다.

"이제 서명이 끝났으니 이 반쪽 난 천궁으로 무엇을 할지 설명해 보게."

"뭐, 설명보다는 보여 드리는 것이 맞을 것 같습니다."

"뭘 보여 준다는 것인가?"

"천궁을 맡기기로 하셨으니 잠시만 물러나 계시죠."

"……."

황보만청은 아무 말 없이 뒤로 물러났다.

팔짱을 낀 채 바라보는 그는, 어찌 보면 자포자기한 것 같

았다.

한빈은 매의 눈으로 반 토막 난 천궁의 조각 중 윗부분을 살피기 시작했다.

한빈은 천궁을 다시 다른 면이 위쪽으로 올라오게 돌렸다.

한빈은 같은 동작을 몇 번 반복한 후, 행동을 멈췄다.

한빈은 천궁을 바닥에 세운 채 자리에서 일어나 반보 뒤로 물러났다.

그러고는 월아를 치켜들었다.

그 모습은 마치 장작을 패기 위해 준비하는 나무꾼의 모습과도 같았다.

한빈은 이번에도 똑같이 진룡파혼검 중 선의 초식을 담아 내리쳤다.

황보만청은 한빈의 동작에 입을 크게 벌렸다.

지금이라도 말리고 싶었다.

하지만, 일단 한빈을 믿기로 했다.

자신의 둘째 아들과 자신의 가문을 구한 것이 한빈 아니던가?

그 덕분에 가문의 보물인 천궁도 얻게 되었다.

그때 황보만청의 눈이 커졌다.

일도양단의 기세로 천궁의 반쪽을 내리칠 것 같았던 한빈의 월아가 점점 느려지기 시작했다.

마치 시간이 멈춘 것 같은……

물론 이것은 황보만청의 착각이었다.

한빈은 내려 긋던 월아의 속도를 조절했다.

진룡파혼검 중 선의 초식은 천궁을 파괴했던 것이 아니었다.

천궁을 연 것이었다.

왜 궁(宮)이란 표현을 썼겠는가?

그것은 이 바둑판 자체가 집이라는 이야기였다.

집이란 누군가 살거나, 어떤 물건이 보관되어 있다는 의미를 담고 있다.

진룡파혼검의 초식은 바로 천궁을 여는 열쇠.

물론 열쇠 구멍과 정확히 맞아야 발동하는 것이 분명했다.

한빈은 현철과 다른 재질을 보고는 그것이 바로 열쇠 구멍이라는 것을 알아챈 것이다.

한빈의 월아가 점점 천궁의 반쪽과 가까워졌다.

월아가 향한 곳은 천궁에서 붉은 선이 보이는 위치였다.

지금 한빈에게 필요한 것은 속도가 아닌 정확도였다.

한빈은 최대한 정확하게 붉은 선에 진룡파혼검의 기운을 불어 넣기 위해 노력했다.

하나, 둘, 셋.

툭!

한빈의 월아가 천궁의 반쪽에 닿았다.

순간 반쪽짜리 천궁이 다시 반으로 갈라졌다.

황보만청이 입을 벌렸다.

"아."

그것은 안타까움의 탄성이 아니었다.

황보만청은 진정 놀라고 있었다.

이전에 천궁이 반 토막이 날 때는 못 봤지만, 지금은 똑똑히 볼 수 있었다.

천궁은 스스로 열리고 있었다.

때가 되면 들어오고 나가는 밀물과 썰물같이, 자연스러운 현상처럼 열리고 있던 것이다.

황보만청은 재빨리 한빈에게 다가갔다.

"대체 어찌 된 일인가?"

"보시는 그대로입니다."

"그럼 자네가 열쇠라는 뜻인가?"

"그건 저도 모르겠습니다. 사실 아까 천궁이 반 토막으로 갈라질 때, 저는 베었다는 느낌을 못 받았습니다."

"……."

"그저 열쇠를 열쇠 구멍에 넣고 돌렸다는 느낌이었습니다."

물론 거짓말이 적절히 섞인 표현이었다.

하지만, 이만큼 이 상황을 설명하기 쉬운 비유는 없었다.

한빈은 월아를 바라봤다.

"그럼 이제 다 연 것인가?"

"아직입니다."

"흠."

"다시 물러나 주시겠습니까? 어르신."

"내가 해 보면 안 되겠나?"

"하셔도 됩니다. 하지만, 잘 열던 열쇠를 놔두고 다른 열쇠를 사용하는 것은……."

"알았네, 알았어."

황보만청은 재빨리 뒤로 물러나며 비급의 마지막 대목을 다시 떠올렸다.

'천궁과 천운이 만나면 황보세가가 만개하리니…….'

비급에 적힌 알 수 없는 문구가 이제야 해석되는 것만 같았다.

그렇다면 천운은?

생각할 것도 없이 한빈이었다.

한빈이 다시 월아로 사 분의 일 토막짜리 천궁을 내리쳤다.

쿵.

다시 천궁이 갈라졌다.

쿵, 쿵.

그 후에도 한빈은 같은 동작을 몇 번씩 반복했다.

한빈은 슬쩍 용린검법의 실력편을 확인했다.

이제 남은 심(心)의 구결은?

뭐, 텅텅 비어 있었다.

이제는 심의 구결을 보충하기 위해 잠시 쉬어 가야 할 때였다.

한빈은 고개를 갸웃했다.

다음에 열어야 할 부분을 살피고 있는데 그 부분이 보이지가 않았다.

한빈은 다급하게 남은 천궁의 조각을 살폈다.

자세히 보니 더 얇은 붉은 선이 바둑판의 선을 만들고 있었다.

큰 바둑판을 잘라 내니 작은 바둑판이 나타나는 모양새였다.

옆에서 지켜보던 황보만청이 말했다.

"이건 어디선가 많이 본 듯한……."

"어르신, 알아보시는군요."

한빈이 희미하게 웃으며 고개를 끄덕였다.

한빈은 황보만청과 시선을 교환했다.

지금 눈앞에 있는 천궁은 껍데기를 다 벗어 내고 보통 바둑판의 크기로 변해 있었다.

그 모양을 자세히 들여다보니, 일반 바둑판과는 묘하게 다름을 알 수 있었다.

일직선으로 쭉 뻗은 것이 아니라 선이 살짝 틀어져 있던 것.

한빈과 황보만청은 이 바둑판 모양을 어디에서 봤을까?

바로 한빈과 황보만청이 같이 문제를 풀어낸 비밀 동굴이었다.

바닥 전체가 바둑판이었던 그곳.

시선을 교환한 황보만청이 고개를 끄덕이자 한빈이 나지막한 목소리로 외쳤다.

"하나, 둘, 셋!"

셋을 외친 한빈이 손가락으로 한 지점을 눌렀다.

황보만청도 같이 바둑판을 눌렀다.

한빈이 눌렀던 곳과는 반대 방향이었다.

탁, 탁.

이전에 비동에서 문제를 풀 때처럼 그들의 손가락이 눈에 보이지 않을 정도로 움직였다.

그 당시에는 돌을 사용했다면, 지금은 손가락으로 직접 바둑판을 찍는 것이 차이였다.

탁, 탁.

계속된 소리가 어느 순간 멈췄다. 이어서 바둑판이 소리를 냈다.

끼익!

하지만, 더는 갈라지지는 않았다.

궤짝이 열리듯 바둑판이 열렸다.

한빈과 황보만청은 열린 뚜껑의 위쪽을 봤다.

그곳에는 붉은 글씨가 적혀 있었다.

불계(不計)!

바둑판에서 계산할 필요 없이 한쪽이 우세할 때 불계승이라는 말을 쓴다.

그 단어에서 승만 빠진 단어였다.

이번 대국에서 흑과 백은 없었지만, 분명 승자는 존재한다는 말이었다.

승자는 아마도…….

한빈은 황보만청을 바라봤다.

황보만청도 희미한 웃음을 지으며 한빈에게 손짓했다.

마저 진행하라는 신호였다.

황보만청의 신호를 받은 한빈은 뚜껑이 열린 바둑판의 안쪽을 살폈다.

그곳에는 네모난 모양의 상자 세 개가 있었다.

직사각형 모양의 기다란 상자 한 개와 정사각형의 작은 상자 두 개였다.

한빈은 그 상자들을 조심스럽게 꺼냈다.

한빈은 먼저 작은 상자를 열었다.

손가락을 튕기듯 상자의 윗부분에 힘을 주자, 아무런 저항 없이 열렸다.

스르륵. 열린 상자에는 조그마한 책자가 들어 있었다.

한빈은 그 제목을 나지막이 읽었다.

"구지검(九枝劍)이라……."

말끝을 흐린 한빈이 황보만청을 바라봤다.

짝! 황보만청이 뭔가 생각난 듯 손뼉을 쳤다.

그 소리에 한빈이 물었다.

"구지검에 대해서 알고 계시는 바가 있습니까?"

"내 조부에게 들었던 이름이네. 아마 백 년도 더 된 일인 것 같네만……. 가문의 누군가가 뒤뜰을 거닐다가 신선을 만났다고 하네. 그때 받은 것이 구지검이라고 들었네."

"구지라면, 아홉 개의 가지가 아닙니까? 저도 비슷한 검법을 들어 본 적이 있습니다. 변화가 무쌍해서 검날이 아홉 개로 보인다는 검이죠. 구화구검이라는 이름으로 강호에 전설처럼 전해지는 검 말입니다."

"자네가 말한 그것이 구지검이라네."

"그것이 황보세가의 검법이었습니까?"

"뭐, 변화가 무쌍해서 여러 개의 검날이 상대의 눈앞에 보인다고 해서 구지검이라고 하지만, 그것은 검법이 아니라네."

"검법이 아니라고요? 그럼……."

"검법이 변화를 만들어 내는 것이 아니라, 그 검 자체가 보검이라 들었네."

"아무리 보검이라도 초식이 뒷받침되지 않는다면……."

한빈은 말끝을 흐리며 황보만청의 다음 말을 기다렸다.

초식이 없이 검으로만 그런 변화를 만들어 낸다는 것은 말도 되지 않았다.

하지만 여기서 더 나가면 상대 가문의 명예를 실추시키는 일과도 같았다.

가문의 일은 가문의 사람이 제일 많이 아는 법.

다른 가문 사람이 그 가문의 검과 초식에 대해서 왈가왈부할 수는 없는 일이었다.

그 모습에 황보만청이 작게 웃으며 말을 이었다.

"검의 신통력으로 그런 변화를 만들어 냈다고 조부께서 말씀하셨네. 그런데 중요한 것은 그것이 모두 전설일 뿐이라는 거지."

"그럼 신선에게 받은 검은 가문에 남아 있을 것이 아닙니까?"

"남아 있지 않고 말로만 전해 내려오니 전설이지. 어서 확인해 보게."

"이 책자는 어르신께서 확인해 보시겠습니까?"

한빈은 조심스럽게 구지검이라 적힌 책자를 들어 황보만청에게 건넸다.

책자를 받은 황보만청은 감회에 젖은 듯 잠시 하늘을 올려다봤다.

"흠."

헛기침을 한 번 하고 나서야 황보만청은 책자를 넘겼다.

조심스럽게 낡은 책장을 넘기던 황보만청이 눈을 크게 떴다.

"이건 대체······."

"왜 그러십니까? 어르신."

"이걸 잘 보게."

황보만청이 책을 펴서 한빈에게 건넸다.

책을 받은 한빈은 재빨리 내용을 확인했다.

고개를 갸웃한 한빈은 책을 한 장 한 장 넘기며 모든 내용을 확인했다.

한빈이 재미있다는 표정으로 황보만청에게 말했다.

"이건 비급이 아니라 도면인데요."

분명 도면이었다.

하지만 일반 도면과는 달랐다.

글자와 숫자가 적혀 있긴 했지만, 손상된 것인지 암호인지 알아볼 수가 없었다.

황보만청이 황당해하는 것이 바로 이 부분인 것 같았다.

아니나 다를까.

황보만청이 한숨을 쉬었다.

"휴······. 그러게 말일세. 도면이긴 하지. 그런데 마치 암호 같아서 나는 알아볼 수 없겠군."

황보만청은 아쉬운 듯 고개를 저었다.

한빈이 그를 위로하듯 말했다.

"다른 상자에 구지검의 비밀을 풀 단서가 남아 있을 수도 있는 일이지요."

"그럼 나머지도 열어 보세."

"네, 마저 열겠습니다."

한빈이 빙긋 웃으며 다른 상자를 꺼냈다.

이번 상자도 힘을 들이지 않고 열 수 있었다.

스르륵.

열린 상자에는 이전과 마찬가지로 책자가 놓여 있었다.

황룡사십팔수(黃龍四十八手).

책자를 본 황보만청의 눈이 커졌다.

그는 이번에는 한빈에게 묻지도 않고 덥석 책자를 잡았다.

한빈도 굳이 그를 말리지 않았다.

황룡사십팔수의 의미를 알고 있기 때문이었다.

현재 황보세가 최고의 검법은 황룡이십사수였다.

예전에는 황룡사십팔수였다는 것은 온 강호가 다 아는 것이었다.

본래 황룡사십팔수였던 초식이 대대로 내려오며 다듬어져, 현재의 황룡이십사수가 탄생했다는 것이 강호의 정설이었다.

문제는 이렇게 다듬고 다듬은 검법이 원본에 미치지 못한다는 것이었다.

하지만 원본은 사라진 지 오래이기에, 복원하려고 해도 불가능한 상태였다.

한참을 보던 황보만청이 한빈에게 책자를 건넸다.

"자네도 한번 보게나."

"네, 알겠습니다."

한빈은 활짝 웃으며 책자를 받았다.

그때였다.

눈앞에 새로운 문구가 나타났다.

[용안으로 용린검법의 흔적을 확인했습니다.]

[오호단문도의 깨달음까지 구 할 남았습니다.]

뭐지?

한빈은 황당함에 시선을 돌려 책자를 확인했다.

황룡사십팔수에 용린검법의 흔적이 남은 것은 맞았다.

진기를 빨리 돌려 동작의 민첩함을 키우는 기본 초식은 전광석화를 닮아 있었으며, 기를 피워 내는 동작은 일촉즉발을 닮아 있었다.

한빈에게는 필요 없는 비급이었지만, 일단 끝까지 정독했다.

곧 한빈은 왜 이 책자를 잡자 오호단문도의 깨달음이라는 문구가 떴는지를 알 수 있었다.

비급 속의 황룡검법이 상대하는 가상의 상대는 과연 무엇일까?

바로 오호단문도였다.

십대세가끼리 어울리며 서로 교류를 해 왔기에 이곳에서 오호단문도의 흔적을 찾을 수 있던 것이었다.

한빈은 눈을 감고 황룡사십팔수의 움직임을 그려 봤다.

용과 호랑이가 뛰놀고 있었다.

황룡사십팔수 속의 움직임에서는 분명 용이 호랑이를 꺾고 있었다.

그때였다.

한빈이 상상으로 그리던 그림이 묘하게 구체화되었다.

상상 속의 용과 호랑이가 아닌 사람으로 바뀐 것이다.

용의 무늬가 새겨진 무복을 입은 무사와 호랑이의 무늬가 새겨진 무복을 입은 무사가 대결하고 있었다.

날렵하게 잘빠진 검과 거도가 맞붙는다.

분명 팽가의 도였다.

그리고 용의 무복을 입은 자가 쓰는 검은…….

바로 구지검이었다.

한빈은 조금 더 눈을 크게 떴다.

실제 눈을 크게 뜬 것은 아니지만, 상상 속의 검이 확대되어 보였다.

한빈은 구지검의 모양을 머릿속에 자세하게 그려 보았다.

'아, 그랬구나.'

한빈은 속으로 무릎을 탁 쳤다.

구지검의 도면이 품은 비밀을 푼 것이었다.

거기에 더해 오호단문도의 본래 움직임을 대략적으로나마 파악한 것도 하나의 깨달음이었다.

한빈이 눈을 떴을 때는 황룡사십팔수의 끝부분이었다.

비급을 모두 확인한 것이다.

그때 다시 문구가 떴다.

[오호단문도의 깨달음까지 육 할 남았습니다.]

[필요한 초식의 깨달음은 책자뿐 아니라 사람에게서도 찾을 수 있습니다.]

마지막 실마리를 끝으로 떠오르던 글귀는 멈췄다.

한빈의 표정을 본 황보만청이 물었다.

"왜 그러는가?"

"아닙니다. 생각보다 재미있는 초식이 많아서 놀랐습니다."

"하하."

"어르신, 이것을 다 읽고 나니 앞의 도면도 어떻게 해독해야 할지를 알 것 같습니다."

"그게 무슨 말인가?"

"……."

한빈은 대답 대신 작게 웃었다.

그러고는 고개를 돌려 설화를 바라보며 손가락을 튕겼다.

딱!

그 소리에 물었다.

"왜 그러는가? 계약서가 필요한 것인가?"

"아닙니다."

한빈이 막 고개를 흔들었을 때 설화는 벌써 앞에 와서 보따리를 풀었다.

설화가 꺼낸 것은 작은 부싯돌이었다.

설화는 주변의 잔가지와 나뭇잎을 모아 불을 피웠다.

그 모습에 황보만청이 물었다.

"하나만 물어봐도 되겠나?"

"네, 그러시지요."

"손가락 튕기는 소리에도 구분이 있는 건가? 어찌 그 소리를 구분하고 일을 처리할 수 있다는 말인가? 나는 도저히 이해가 안 되는군."

"하하, 이 정도의 소리는 당연히 구분이 되죠. 어르신. 예를 들어……."

한빈이 말끝을 흐리며 다시 한번 손가락을 튕겼다.

딱!

"이건 지필묵을 가져오라는 것이고요."

딱!

"이건 식사 준비를 하라는 것이고……."

한빈의 설명이 이어지자 황보만청의 눈이 커졌다.

그러고는 설화를 힐끔 바라봤다.

그 모습에 한빈이 말했다.

"제 시녀입니다."

"하하, 누가 뭐랬나?"

"지금 탐내시지 않았습니까?"

"아니네. 신기해서 그러지. 소리를 구분해서 내는 자네도 그렇고, 그걸 알아듣는 저 아이도 신기하고……. 어쨌든 좋은 구경 했네. 그럼 도면에 대해서 계속 얘기해 주게."

"뭐 별거 없습니다."

말을 마친 한빈은 활활 타오르는 모닥불로 책자를 가져갔다.

그 모습에 황보만청이 외쳤다.

"대체 지금 무엇을……!"

"자세히 보십시오."

한빈이 모닥불에 비친 구지검의 책자를 가리켰다.

황보만청은 고개를 갸웃했다.

뒤쪽에 일렁이는 모닥불의 움직임을 제외하고는 여전히 알아볼 수 없었다.

한빈이 사람 좋은 얼굴로 책자의 한 부분을 가리켰다.

"불꽃을 보지 마시고 그림과 글자를 자세히 보시죠."

황보만청도 그제야 한빈이 가리키는 곳으로 시선을 집중했다.

한참을 보던 황보만청이 입을 벌렸다.

한빈이 무엇을 자세히 보라고 하는지를 알게 되었기 때문이다.

한빈이 가리킨 곳에는 모닥불이 내는 불빛 때문에 뒤에 있던 내용이 겹쳐 보였다.

뒤쪽의 내용이 겹쳐지자 하나의 온전한 도면이 완성된 것이다.

한빈은 책장을 넘기며 구지검의 도면을 하나하나 확인시켜 줬다.

모든 내용을 확인한 황보만청은 입을 벌렸다.

그 모습에 한빈이 책자를 건넸다.

"여기 있습니다. 구지검의 도면과 황룡사십팔수의 비급은 어르신이 보관하는 게 맞을 것 같습니다."

"흠."

"왜 그러십니까?"

"원하는 게 뭔가? 계약서에는 분명히 공평하게 나누자고 하지 않았나? 그런데 이걸 나에게 다 준다는 것인가?"

"아직 하나가 남지 않았습니까?"

"하나가 남긴 했지……."

황보만청은 말끝을 흐리며 남은 상자를 바라봤다.

그 모습에 한빈이 어깨를 으쓱하며 말했다.

"그리고 제가 이익을 나누자는 것은 단순히 비급을 말한

것은 아닙니다."

"……."

황보만청은 아무 말 없이 한빈을 재미있다는 듯 바라봤다.

한빈도 웃으며 말을 이었다.

"비급만이 아니라 이후 파생될 모든 이익을 공유하자는 것이지요."

파생될 이익이라는 것은 어찌 보면 추상적인 의미였다.

한빈이 해맑게 웃자, 황보만청은 조용히 하늘을 올려다봤다.

가문의 보물을 찾은 것까지는 좋지만, 뭔가 미끼를 물었다는 느낌이 든 것이었다.

이제 완벽하게 어둠이 산자락에 깔린 상태.

오늘따라 유난히 별이 반짝이는 것만 같았다.

황보만청이 하늘을 바라보고 있을 때, 한빈의 시선은 흩어진 천궁의 조각을 향했다.

남은 상자 하나만 빼고는 이제 현철 조각에 불과했다.

하지만, 한빈은 침을 삼켰다.

용의 무복을 입은 이의 손에는 검이 들려 있지만, 등에는 천궁을 짊어지고 있었다.

천궁의 쓰임새는 남은 상자에 있을 것만 같았다.

하늘을 보던 황보만청이 시선을 돌리자 한빈이 마지막 상자를 들었다.

그 상자는 이전의 상자 두 개를 합쳐 놓은 듯한 크기였다.

한빈은 윗부분을 잡고 살짝 힘을 주었다.

툭, 그때 묘한 소리가 상자 사이에서 들렸다.

뭐지?

한빈이 눈을 가늘게 뜨고 상자를 바라봤다.

이전과는 다르게 상자가 굳게 닫혀 있었다.

거기에 묘한 냄새까지 흘러나왔다.

뭐, 익숙한 냄새였다.

한빈은 재빨리 동작을 멈췄다.

그러고는 후각에 집중하며 상자를 살폈다.

한빈은 조용히 상자를 내려놓고 팔짱을 꼈다.

지금 상자 사이에서 흘러나오는 냄새는 다름 아닌 황산의
냄새였다.

거기에 살짝 가죽 타는 냄새에 종이 타는 냄새까지 겹쳐서
흘러나왔다.

힘으로 열려 하면 황산이 쏟아져 내용물을 손상시키는 장
치가 분명했다.

더는 내용물을 훼손시킬 수 없었다.

한빈은 저 안에 든 물건이 자신에게 꼭 필요하다는 것을
본능적으로 느낄 수 있었다.

한빈은 팔짱을 풀고 조심스럽게 상자를 열 방법을 찾기 시
작했다.

그때 한빈의 눈에 조그마한 상자 위쪽에 있는 구멍이 들어
왔다.

열쇠가 들어갈 수 없을 만큼 작은 구멍이었다.

그러나 한빈에게는 왠지 그 구멍의 크기가 익숙했다.

저 정도의 작은 구멍에 들어갈 열쇠라면…….

한빈은 자신도 모르게 목걸이를 만졌다.

한빈이 만지는 목걸이의 끝에는 금구슬이 달려 있었다.

잠시 고민하던 한빈은 결심한 듯 황보만청을 바라봤다.

그 눈빛에 황보만청이 물었다.

"내가 도울 것은 없겠는가?"

"괜찮습니다. 다만, 마지막 상자는 억지로 열려 하면 내용
물이 훼손될 것 같습니다, 어르신."

"그럼 어떻게 하는 것이 좋겠나?"

"아무래도 여기에서 명확하게 정리를 해야 할 듯싶습니다."

"정리라니, 그게 무슨 말인가?"

"아까 말한 그 계약서 말입니다."

"흠, 앞으로 파생될 이익을 모두 나누자고 하지 않았나?"

황보만청은 표정을 숨기며 물었다.

그 표정 뒤에는 당연히 불안함이 담겨 있었다.

한빈이 말한 내용은 귀에 걸면 귀걸이요, 코에 걸면 코걸
이였다.

한빈은 그가 숨긴 감정을 다 안다는 듯 사람 좋은 얼굴로

입을 열었다.

"조건 없이 여기서 딱 둘로 나누는 게 좋을 것 같습니다."

"둘이라니, 그게 무슨 말인가?"

"두 개의 상자는 어르신이 가지고 가시고, 남은 상자는 제가 취하겠습니다."

"흠, 그래도 되겠나?"

황보만청은 한빈이 들고 있는 상자를 다시 확인했다.

분명 황산의 냄새가 흘러나오고 있었다.

열다가 훼손되는 것이 문제가 아니라, 벌써 상했을 것이 분명했다.

이것은 누가 봐도 한빈이 손해 보는 장사였다.

"뭐, 어르신만 양해해 주신다면 저는 괜찮습니다."

"이 은혜는 꼭 보답하겠네."

"은혜라니요. 당연히 해야 할 일을 한 것뿐입니다."

손을 내저은 한빈은 입가에 염화미소를 머금었다.

멀리서 그 모습을 지켜보던 설화는 고개를 갸웃했다.

한빈이 손해 보는 일을 한다?

그것은 있을 수 없는 일이었다.

하루아침에 세상이 멸망한다는 소식보다도 비현실적인 일이 한빈이 손해 본다는 일이었다.

그런데 아무리 생각해도 한빈의 이익은 없었다.

옆을 힐끔 보니 청화도 설화와 마찬가지로 고개를 갸웃하

고 있었다.

동행한 지 얼마 안 되었지만, 청화 역시 한빈의 성품을 파악하고 있었던 것이다.

모두가 고개를 갸웃하고 있을 때 한빈이 말을 이었다.

"뭐, 은혜라고 생각하시면 못 쓰게 된 천궁의 조각을 제게 주시면 됩니다."

"아, 천궁의 조각이라……."

"뭐, 싫으시면 할 수 없고요. 이렇게 산산조각 난 바둑판까지 욕심나신다면 저도 다시 생각……."

한빈의 말이 점점 빨라졌다.

심상치 않음을 느낀 황보만청이 재빨리 고개를 끄덕였다.

"아, 알았네. 그리하도록 하지."

황보만청의 대답에 한빈이 살짝 고개를 숙였다.

"감사합니다."

누가 보면 당연히 줘야 할 용돈을 받은 아이의 표정이었다.

뭐, 표정을 보면 이익을 본 것은 황보만청이었다.

그도 그럴 것이 한빈이 준 두 개의 상자에는 전설로만 내려오던 가문의 비기가 담겨 있었다.

진짜 가문의 비기와 보검인지는 차차 알아봐야겠지만, 이걸 손에 넣었다는 사실 하나만으로 가슴이 뛰었다.

상자에 든 비급과 도면을 수습하고 난 황보만청이 뭔가 생각났는지 눈빛을 바꿨다.

"그런데 말이네."

"말씀하시지요."

"이 도면에 있는 구지검을 구현할 대장장이가 강북에……."

그의 말이 끝나기도 전에 한빈이 답했다.

"있습니다."

"그런 대장장이가 있다고? 대체 어디에 있는가?"

황보만청이 다급히 묻자 한빈이 답했다.

"대대로 명장의 칭호를 받는 대장간이 있습니다. 그러니까……."

한빈은 제법 자세하게 설명을 이어 나갔다.

한빈이 설명한 곳은 정철민의 대장간이었다.

월아를 만든 명장이자, 물심양면으로 한빈을 돕는 조력자였다.

구지검의 도면이라면 흔쾌히 받아 줄 것이 분명했다.

단순한 작업보다는 창의적인 물건을 만들고 싶어 하는 그였으니 말이다.

거기에 정철민을 추천한 것에는 한 가지 계산이 더 깔려 있었다.

한빈은 구지검을 조금 간소화해서 적혈맹호대의 대원들에게 보급할 계획을 가지고 있었다.

미리 구지검을 만들어 보면 한빈의 의뢰는 더욱 수월할 테

니 일석이조였다.

한빈에게 설명을 듣고 난 황보만청이 눈을 빛내며 자리에서 일어났다.

"아무래도 지금 가 봐야겠네."

"어르신, 늦었는데 쉬고 가시죠."

"아닐세. 하루빨리 구지검을 두 눈으로 확인해야겠네."

말을 마친 황보만청은 다급하게 어둠 속으로 사라졌다.

팡!

어찌나 급한지 파공성을 내며 달려가는 그 때문에, 놀란 산새들이 여기저기서 비명을 지르며 날아올랐다.

퍼드득.

황보만청이 떠나자 한빈은 일렁이는 모닥불에 비친 주변을 살폈다.

한바탕 폭풍이 쓸고 지나간 것처럼 주변은 엉망이 되어 있었다.

그도 그럴 것이, 한빈과 황보만청이 비무를 펼친 자리였다.

그냥 비무가 아니라 바닥을 지나는 수맥까지 터뜨린 격렬한 대결이었다.

거기에 현철로 만든 천궁까지 분해하느라 정신이 없었다.

옆을 보면 한빈이 내놓은 구멍으로 물줄기가 새어 나오고 있었다.

조르륵.

한빈이 만든 흔적은 하나의 작은 물줄기가 되어 산자락에 졸졸 흘렀다.

힐끔 옆을 보니 잠에서 깬 청살모가 새로 만든 개울에 목을 축이고 있다.

마치 아무 일도 없었다는 듯.

한빈은 두 팔을 머리 뒤로 깍지 끼며 자리에 누웠다.

한참 동안 밤하늘을 바라보던 한빈이 말했다.

"아무래도 오늘은 이곳에서…….."

"노숙을 해야겠네요, 공자님."

설화가 기다렸다는 듯 한빈의 말을 받았다.

그 모습에 옆에 있던 청화가 눈치껏 모닥불 주변에 자리를 마련했다.

한빈은 여기저기 널려 있는 천궁 조각을 모으기 시작했다.

이상한 것은 아무렇게나 쓸어 담아도 될 것을, 순서대로 천천히 나열하고 있었다는 점이다.

그 모습에 설화가 물었다.

"공자님, 왜 그렇게 힘들게 진열하세요? 그냥 주머니에 넣으시면…….."

"원래대로 맞춰야 하니까, 순서대로 놔야지."

"원래대로 맞추다니요?"

"이렇게 말이야."

철컥, 한빈이 토막 난 천궁의 조각을 맞췄다.

상쾌한 소리와 함께 언제 반 토막 났느냐는 듯 천궁 조각이 하나로 합쳐졌다.

그 모습에 설화가 입을 벌렸다.

"그거 원래대로 복구가 가능한 거였나요? 그런데 그런 방법을 공자님은 어떻게 아시는 거예요?"

"대장간 속담에 이런 말이 있지."

"무슨 말이요?"

"조립은 분해의 역순이라고 말이야."

"아."

설화는 아무 말도 못 하고 탄성을 질렀다.

그녀의 놀란 표정에, 옆에 있던 청화가 재빨리 당과 꼬치 하나를 꺼냈다.

"이거 제가 숨겨 둔 거예요. 드세요, 언니."

"앗, 고마워."

설화가 고개를 끄덕였다.

한빈은 천궁을 원래 상태로 돌려놓으며 비급과 도면을 떠올렸다.

사실 황보만청에게 줬다고는 하지만, 한빈에게는 조금도 필요 없는 물건들이었다.

그 도면과 황룡사십팔수는 이미 한빈의 머릿속에 모두 들어 있으니 말이다.

설화와 청화는 모닥불이 피워 내는 온기 때문인지 일찍 잠

이 들었다.

한빈은 재빨리 마지막 상자를 꺼냈다.

그러고는 목에 걸린 금 구슬을 열었다.

안에는 조그만 열쇠, 황금시(黃金匙)가 있었다.

한빈은 황금시를 마지막 상자의 위쪽에 꽂았다.

끼익, 순간 상자의 윗부분이 소리를 내며 돌아갔다.

마지막 상자는 아래에서 위로 여는 것이 아닌, 돌려서 열어야 하는 것이었다.

물론 그것도 딱 맞는 열쇠가 있어야만 열 수 있는 구조였다.

한빈은 재미있다는 듯 혼잣말을 뱉었다.

"운명인가……."

이것은 진심이었다.

어디에 쓸지 모르는 황금시로 황보세가의 보물을 연다라?

운명이 아니라면 운이 좋다고 할 수밖에 없었다.

상자가 완벽하게 열리자 그제야 안쪽을 확인할 수 있었다.

안쪽에는 가죽이 둘둘 말려 있었다.

얼핏 보니 위쪽에서 떨어진 황산 덕분에 두루마리는 구멍이 나 있었다.

한빈은 가죽을 펴 보았다.

가죽 위에는 여러 개의 선이 얼기설기 얽혀 있었다.

자세히 보니 이것은 중원을 그린 지도였다.

군사용 지도는 아니었지만, 일반 지도라고 하기보다는 너

무 상세했다.

하지만 지도에는 아무런 표시가 없었다.

왜 이 상자에 지도를 남겨 두었을까?

한빈은 지도가 있다는 것은 특정 장소를 알려 주기 위함일 것이라 생각했다.

한빈은 지도에 더욱 집중했다.

한참을 보던 한빈이 입을 벌렸다.

지도에는 구멍이 두 개 나 있었다.

상자에서 떨어진 황산 때문에 훼손된 부분인 듯 보였다.

아마도 훼손된 두 부분 중에 하나가 지도가 가리키는 부분일 것이었다.

한빈은 구멍이 난 부분이 어디인지를 확인하기 위해 모닥불에 비춰 봤다.

지도를 확인한 한빈은 자신도 모르게 입을 벌렸다.

"아."

뜻 모를 탄성에 설화가 눈을 비볐다.

"공자님, 저 부르셨어요?"

"아니다."

한빈은 손을 내저으며 좌우로 고개를 돌렸다.

한빈이 바라보는 곳에는 각각 하북팽가와 사천당가가 있었다.

바로 둘이 지도에서 훼손된 부분이었다.

한빈은 추측을 바꿔야 했다.

지도에서 가리키는 부분이 하북팽가와 사천당가 둘 다일 수도 있었다.

그도 그럴 것이 하북팽가의 맹호 비고의 지하에서 한빈은 꽤 많은 기연을 얻었으니 말이다.

다음 날 점심이 되어서야 한빈 일행은 천수장이 보이는 마을 입구에 도착했다.

천수장으로 향하는 길을 보던 한빈이 고개를 갸웃했다.

"여기가 천수장으로 가는 일이 맞나?"

"맞는 것 같은데 뭔가 이상해요, 공자님."

설화도 고개를 갸웃하며 천수장으로 향하는 길을 바라봤다.

그들이 있는 곳은 천수장으로 들어가는 길의 초입.

초입에서부터 천수장이 있는 곳은 꽤 거리가 있었다.

그런데 전에는 못 보던 사람들이 분주히 움직이고 있었다.

극양지기 때문에 모두 떠난 것이 몇 년 전.

아직은 이곳으로 이사 오는 이는 없었다.

한빈이 임무를 위해 장운현으로 떠날 때에도 텅텅 비었던 마을이었다.

그런데 지금은 묘하게 활기를 띠고 있었다.

범인은 바로 이곳에

과연 무슨 일일까?

아무리 생각해도 이상한 것은, 천수장에서부터 쭉 뻗은 길에 있는 텅텅 빈 상점 중 대부분이 바로 한빈의 소유라는 점이었다.

그리고 그 상점에 입점하려고 하는 상인도 당연히 없었다.

그런 상인이 있다면 아마도 미친 자일 것이 분명했다.

아직 천수장은 귀곡장이라는 소문이 지워지지 않은 상태였다.

오죽하면 장운현에 있던 사람들도 이 마을을 귀곡현이라 부를까.

그런데 주인 없는 텅 빈 상점이 늘어선 거리가 저리 번잡

스럽다고?

한빈도 이리 당황스러웠던 적은 없었다.

아무것도 모르는 청화가 설화에게 낮은 목소리로 물었다.

"언니, 왜 그렇게 놀라는 거예요? 아무리 봐도 이상한 모습은 안 보이는데요."

"얼마 전까지만 해도 이곳이 유령 마을이었거든. 귀신 나온다고 소문났던 동네라서……."

그때 한빈이 끼어들었다.

"설화야."

묵직한 한빈의 목소리에 설화가 답했다.

"네, 공자님."

"그런 얘기는 함부로 하는 게 아니다."

한빈의 말에 정신이 번뜩 든 설화가 말했다.

"아, 참 그렇지. 죄송해요, 공자님."

살짝 고개 숙인 설화를 뒤로한 채 한빈은 바삐 움직이는 사람들을 향해 걸어갔다.

한빈이 멀어지자 청화가 고개를 갸웃하며 물었다.

"언니, 혹시 비밀인가요?"

"에이, 비밀도 아니야."

"그런데 왜 저렇게 정색을 하시는 거죠?"

"땅값 떨어진다고!"

"아, 그렇구나."

청화가 멀어지는 한빈을 보며 입을 벌렸다.

휘적휘적 거리를 걷던 한빈의 눈동자는 분주히 움직였다.

가까이에서 지켜보니 의문이 풀리기는커녕 더 쌓이는 상황이었다.

가장 황당하다고 생각되는 부분은 한 가지였다.

한빈이 아직 매입하지 않은 상점에조차 누군가가 입점하여 물건을 팔고 있던 것.

한마디로 죽었던 거리가 완벽하게 살아난 것이다.

이것은 한빈이 상상도 하지 않은 일이었다.

고민하던 한빈은 직접 알아보기로 했다.

물론 이 일은 조심스럽게 접근해야 하는 일이었다.

한빈이 의도하지 않은 일이 일어났다는 것은 다른 이의 함정일 수도 있고 누군가의 견제일 수도 있으니 말이다.

타초경사의 우를 범하는 일은 없어야 했다.

한빈은 자신의 복장을 살폈다.

수염은 없지만, 옷은 전에 입던 허름한 푸른 무복이었다.

이 정도면 누가 자신을 알아볼 것이라고는 생각하지 않았다.

주위를 돌아보던 한빈은 장신구를 파는 상인에게 다가갔다.

상인이 활짝 웃으며 인사를 건넨다.

"어서 오십시오."

"장사는 잘되세요?"

"그럼요, 이게 다 장주님의 은덕 덕분입니다."

"장주요?"

한빈은 눈매를 좁혔다.

갑자기 장주라는 칭호가 왜 튀어나온다는 말인가?

이곳과 연관된 자 중에 장주라는 칭호로 불릴 만한 이는 없었다.

대체 어떤 세력이?

그때 상인이 황당하다는 듯 한빈을 바라보며 입을 열었다.

"혹시 이곳이 처음이십니까? 손님."

"처음은 아니지만, 전에 봤을 때는 텅 빈 마을이었는데……."

한빈이 쓱 뒤쪽을 훑어보자, 상인이 다시 말을 이었다.

"네, 얼마 전까지만 해도 그랬습죠. 이게 다 장주님 밑에서 일하시는 매화검협 님 덕분입니다."

"매화검협이요?"

한빈이 눈을 가늘게 떴다.

매화라면 화산파를 뜻하는 것일 텐데 매화검협이란 별호는 들어 본 적이 없었다.

그렇다면 문제가 더 심각했다.

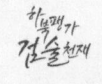

화산파의 누군가가 이곳을 눈독 들이고 있다는 것이니까.

한빈의 표정을 본 상인이 무릎을 치며 웃는다.

"아이고, 손님도 강호 물정에 어두우시군요. 그럼 천수도협은 혹시 아십니까?"

"아, 제가 잘……."

한빈은 말끝을 흐렸다.

모르는 이름이 총 세 번이나 나왔다.

요즘 들어 정보 수집에 게을렀다는 것을 인정하지만, 코앞에서 일어난 일을 모른다는 것은 반성해야 했다.

"그분들을 모르시면 새외에서 오신 건데……."

"제가 요즘 바빠서 소문에 좀 어둡네요."

한빈이 최대한 표정을 숨기며 웃고 있을 때였다.

사람들이 웅성대기 시작했다.

"매화검협 대협이시다!"

"어디, 어디?"

"저기 내려오시잖아."

"아, 저기 내려오시는군."

"그 옆에는 천수도협도 같이 오시네."

"오늘 무슨 일이지?"

"그러게 말이야. 무슨 경사라도 난 건가?"

"일단 가 보자고."

그들의 목소리는 들떠 있었다.

한빈과 얘기하던 상인마저 웅성거리는 쪽으로 뛰어갔다.

한빈은 심각한 고민에 빠졌다.

과연 저들은 누굴까?

한빈이 아는 한 매화검협이라 불리는 화산파의 인물은 어디에도 없었다.

그리고 천수도협이란 인물도 들어 본 적이 없었다.

대체 이 상황은 뭐란 말인가?

웅성거리는 소리가 점점 가까워진다.

팔짱을 끼고 잠시 상념에 잠겼던 한빈도 반사적으로 고개를 돌렸다.

그러고는 두리번거렸다.

하지만 그곳에 기대했던 인물은 없었다.

대신 서재오와 소대섭이 대화를 나누며 걸어오고 있었다.

한빈과 눈이 마주친 둘이 다급하게 달려온다.

둘이 달려오자 웅성거리던 마을 사람들이 마치 썰물 빠지듯 반으로 갈라졌다.

쓱.

갈라진 길로 달려오는 서재오와 소대섭이 한빈의 앞에 멈췄다.

먼저 입을 연 것은 서재오였다.

"사 공자! 드디어 오셨군."

"네, 잘 지내셨습니까? 서 대협."

한빈이 포권하자 서재오도 재빨리 마주 포권했다.

소대섭은 아예 깊숙이 허리를 숙이고 있었다.

"주군, 오셨습니까?"

"그래, 소 대주. 먼저 와서 정리하느라 고생 많았어. 그런데 대체 이게 무슨 일이지?"

"무슨 일이라니요?"

허리를 편 소대섭이 고개를 갸웃하자 한빈이 턱짓으로 사람들을 가리켰다.

"이 많은 사람 하며, 여기에서 장사하는 점포들 하며 딱 봐도 이상하잖아."

"아, 그러니까……"

소대섭은 말끝을 흐렸다.

변명을 하려는 것이 아니라 할 말이 많은 듯 보였다.

그때 서재오가 끼어들었다.

"그건 내가 설명하겠네, 사 공자."

그때였다.

갑자기 마을 사람들이 술렁이기 시작했다.

그들은 한빈이 있는 쪽에서 멀리 떨어져 조심스럽게 구경하고 있던 사람들이었다.

그중 하나가 조금 큰 소리로 말했다.

"저 사람은 뭔데 매화검협하고 천수도협이 저렇게 깍듯하게 대하지?"

"그러니까?"

"설마 장주님은 아니겠지?"

"에이, 장주님은 저런 옷 안 입으시네. 자네들도 봐서 알잖아."

"그래, 장주님은 저런 옷을 안 입으시지. 장주님이 입기에는 너무 허름해 보여."

"쉿, 들으면 어떻게 하려고."

"이렇게 멀리 떨어졌는데, 우리 목소리가 들리려고?"

"그래도 두 분 대협하고 안면이 있는 사람 같은데 저러면 안 되지."

"그런데, 천수도협이 지금 주군이라고 한 것 같지 않아?"

"에이, 주군이 아니라 죽음이라고 한 것 같은데."

"그럼 저자가 두 분 대협한테 빚이라도 진 건가?"

물론 그들의 목소리는 한빈의 귀에 똑똑히 들렸다.

서재오가 답을 하기 전에 한빈의 입이 먼저 열렸다.

"지금 매화검협하고 천수도협이라고 하지 않았나요?"

"흠, 매화검협이라는 게 허명에 불과하다고 나는 생각하지만……."

서재오의 답이 끝나기도 전에 한빈의 눈길은 소대섭에게 멈췄다.

"그럼 소 대주가 혹시 천수도협?"

"아, 그게……. 제가 원해서 그런 건 아닙니다, 주군."

"그래, 서재오. 대협은 그렇다 치고. 소 대주가 천수도협이라고? 혹시 지금 반란이라도 일어난 거야? 나도 협 자가 들어가는 별호는 달지 못했는데, 소 대주가 나를 넘어선 거야?"

"아, 주군. 오해입니다. 오해."

"오해가 아닌 것 같은데, 아무래도 수상해."

"진짜 오해라니까요."

"이거 많이 서운하네."

"절대 제가 원한 별호가 아닙니다. 주군."

"그런데, 갑자기 천수도협이라고 불리는 이유가 대체 뭐야? 그것부터 들어 보자고."

"그러니까, 서재오 대협께서 설명해 드린다고 하지 않았습니까?"

"……."

"주군, 일단 얘기부터 들어 보시죠."

소대섭이 연신 고개를 숙이자, 한빈은 시선을 다시 서재오에게 돌렸다.

한빈의 눈빛에 서재오가 조심스럽게 말을 이었다.

"일단 내 얘기를 들어 보게."

"말씀해 보시죠."

말을 마친 한빈은 꼬투리가 보이면 바로 잡겠다는 듯 매의 눈을 떴다.

그 눈빛에 서재오는 헛기침을 시작으로 설명을 시작했다.

"흠, 우리가 이곳에 막 도착했을 때의 일이네. 그러니
까……."

서재오의 설명은 꽤 구체적이었다.

한빈은 그의 설명에 고개를 끄덕였다.

그의 이야기는 간단했다.

서재오와 적혈맹호대가 천수장에 도착했을 때, 이 마을에
는 먼저 온 손님들이 있었다.

그 손님들은 장운현에서 온 사람들이었고 말이다.

그들이 이곳에 온 이유는 간단했다.

하북의 생불이 있는 곳이 가장 안전한 곳이라고 생각해서
였다.

그만큼 지난번의 역병 사건은 그들에게 큰 충격이었던 것
이다.

나라의 군졸들이 포위해서 출입을 통제했을 때는 모두가
버림받았다 생각했다고 한다.

그 상황에서 그들에게 손을 내밀어 준 것이 바로 한빈과
적혈맹호대였다는 것이다.

거기에 와불이 가리킨 곳이 바로 이곳 천수장이었다는 이
유도 있었다.

어떤 이는 와불이 바라보는 곳이 극락이라고 외치는 이들
도 있었다.

즉, 그들은 한빈을 찾아서 이곳에 온 것이었다.

서재오가 여기까지 설명했을 때 한빈이 물었다.

"그럼 장주는 대체 누구입니까?"

"자네를 말하는 거네. 하북팽가에서는 막내 공자지만, 이곳에서는 장주가 아니던가?"

"허, 제가 장주라고요?"

"천수장의 주인인 자네를 장주라 안 부르면 누굴 장주라 부른다는 말인가?"

"그건 그렇고, 저들의 눈빛은 대체 뭡니까?"

"그건 자네와 우리가 살길을 열어 줬으니 당연한 것이네."

"살길이라니요?"

"뭐, 간단히 말하면……."

서재오가 다시 설명을 이었다.

간단히라고 표현했지만, 그 설명은 그리 간단하지는 않다.

천수장에서 한빈을 기다리는 이들의 꼴은 한마디로 난민 그 자체였다고 한다.

장운현에서 짐을 바리바리 싸 들고 왔지만, 이곳 어디에도 그들이 정착할 곳은 없었다.

그때 서재오가 빈집과 상점을 그들에게 내어 주는 방법을 생각한 것이었다.

물론 이후에는 공짜는 아니라는 것을 강조했다.

　그들을 이곳에 정착시키는 역할을 맡은 것은 서재오. 그 옆에서 그를 도와준 것이 바로 소대섭이었다.

　그런 이유로 마을 사람들이 끝에 협 자를 붙인 별호로 서재오와 소대섭을 부른다는 것이다.

　말을 마친 서재오는 품속에서 종이 뭉치를 꺼냈다.

　한번 쓱 확인을 하더니 그대로 한빈에게 건넸다.

　한빈은 대충 그것이 뭔지 알 것 같았다.

　그것은 장운현에서 이곳으로 온 상인들과의 계약서가 분명했다.

　계약서를 건네받던 한빈이 고개를 갸웃했다.

　종이 뭉치를 건네는 서재오가 이상하게 손을 놓지 않는 것이었다.

　한빈이 고개를 갸웃하며 물었다.

　"왜 그러십니까? 서 대협?"

　"아무래도 먼저 확인해 봐야 할 게 있어서……."

　말끝을 흐리는 서재오는 종이 뭉치를 살랑살랑 흔들었다.

　한빈은 아무리 생각해도 그가 이렇게 나오는 이유를 알 수 없었다.

　그때 헛기침까지 하는 서재오.

　"흠."

　그 모습에 옆에 있던 소대섭이 한빈의 옆구리를 콕콕 찌르

며 속삭였다.

"주군, 소매를 좀 보시지요."

"소매라니……."

서재오의 소매를 보던 한빈의 눈이 커졌다.

그 눈빛에 서재오는 그제야 손을 내려놓고 입가에 미소를 지었다.

"이게 다 자네 덕분이네."

한빈이 놀란 이유는 한 가지였다.

바로 소매에 있는 매화꽃 문양의 개수 때문이다.

화산파의 매화검수는 강호행의 성적에 따라 매화 문양의 숫자에 차등을 둔다.

소매에 빽빽하게 들어차 있는 매화 문양은 그가 화산파의 인정을 받았다는 증거였다.

사실, 매화 문양을 새기는 행사는 강호행이 끝난 직후에 이루어진다.

강호행 도중에 있는 서재오에게 문양을 내린 것은 상당히 이례적인 일이었다.

한빈을 바라보는 서재오의 눈썹이 반달 모양이 되었다.

한빈을 향한 서재오의 마음은 진심이었다.

늘어난 매화꽃만큼 한빈을 향한 호감도 늘어났다.

그때 소대섭이 나지막이 외쳤다.

"일단 올라가시면서 검토해 보시죠!"

천수장으로 향하던 한빈이 잠시 걸음을 멈췄다.

한빈이 의미심장한 표정으로 계약서를 바라봤다.

그 눈빛에 서재오가 물었다.

"무슨 일인가? 내가 실수라도 했는가?"

"아닙니다. 검협이 아니라 상협으로 불리셔도 될 듯합니다."

"흠, 농이 지나치군."

"편한 대로 생각하시지요."

한빈은 의미심장한 눈으로 서재오를 바라봤다.

"흠, 칭찬으로 알겠네."

서재오가 어색하게 웃자 한빈도 미소를 지었다.

강호행 기간 동안 천수장에서 지내기로 한 서재오였다.

그가 만금 전장 출신인 만큼, 한빈은 자금과 토지에 대한 계약 부분을 맡겼다.

그도 그럴 것이 만금 전장은 서안 제일을 넘어 강남 무림 전체를 놓고 봐도 최고의 전장 중 하나였다.

그것이 무엇을 뜻하겠는가?

가장 중요한 것은 행정 업무도 아니요.

정직함은 더욱 아니다.

바로 돈 냄새를 맡는 후각이었다.

자신은 실제로 냄새를 맡지만, 서재오는 돈 냄새를 맡을 수 있다고 한빈은 생각했다.

지금 계약을 한 방법이 그랬다.

처음에는 상인을 위해 아무 대가 없이 점포를 내주었지만, 이곳의 상권이 정상화되는 순간 적정한 이득을 취할 수 있도록 만들었다.

상인을 위해서라고는 하지만, 귀신이 살 법한 이곳을 일으키기에는 가장 현명한 방법이었다.

검보다는 장사에 재능이 있는 사람일지도 몰랐다.

서재오도 한빈의 미소에 기분 좋게 고개를 끄덕였다.

뒤에서 따라오던 소대섭도 희미한 미소를 지었다.

그렇게 사내 셋이 기분 좋게 천수장을 향해 올라갈 때였다.

뒤쪽에서 누군가가 외쳤다.

"저분이 장주님이신 것 같은데!"

구경꾼 중 누군가의 목소리였다.

그의 외침을 누군가가 재빨리 받는다.

"어, 방금까지 나랑 얘기하고 있었는데……."

"정말인가?"

"그래, 나랑 얘기하고 있었어. 옷이 달라서 못 알아봤는데 이런……."

"에이, 이 사람아! 생불님이 어찌 같은 옷을 입고 나타나겠는가?"

"장운현에서는 같은 옷만 입고 계셨는데……."

"그게 아니지, 생불, 아니 장주님이 어떤 분인가? 어떤 모습으로 나타나도 이상하지 않지. 관음보살은 아기로도, 여자로도 나타난다는 말이 있지 않은가?"

"그러고 보니 자네 말이 맞네."

그들의 대화를 시작으로 사람들이 눈을 빛내기 시작했다.

"누가 왔다고?"

"장주님이 오셨다고?"

웅성거리는 사람들의 목소리에 한빈이 소대섭을 힐끔 바라봤다.

무슨 일이냐는 뜻이었다.

눈빛을 본 소대섭이 재빨리 입을 열었다.

"생불이라는 게 좀 이상하지 않습니까? 그래서 제가 장주님이라고 정정해 줬습니다. 여기에서는 하북팽가의 막내 공자가 아닌 장주님이라고 해야 알아듣습니다, 주군."

"그럼 천수도협은?"

한빈이 묻자 소대섭이 걱정 가득한 눈빛으로 답했다.

"주군을 돕는 저희가 마을 사람들의 눈에는 신선처럼 보였나 봅니다."

"신선이라?"

"그래서 그냥 협객의 도리라 했는데, 그 뒤로 천수장의 천수를 따서 천수도협이라고 부르네요. 그러지 말라고 얘기해도……."

소대섭은 어색한 표정으로 말끝을 흐렸다.

그 모습에 한빈이 손을 내저었다.

"그런 표정 지을 필요 없어. 잘했어."

"네?"

"잘했다고, 소 대주."

"휴……."

"왜 그렇게 한숨을 쉬어?"

"저는 주군이 뭐라 하실 줄 알았습니다."

"내가 왜 뭐라 해? 잘 생각해 봐. 내 수하가 벌써 도협이라
는 별호를 얻었는데, 당연히 내가 기뻐해야지. 안 그래?"

"……."

"도협을 부리는 주인이 어디 흔한 줄 알아?"

말을 마친 한빈은 경쾌한 걸음으로 앞서 나가기 시작했다.

그 모습에 소대섭은 울지도 웃지도 못하는 표정으로 서재
오를 바라봤다.

"주군이 나를 놀리는 거 맞죠?"

"놀리는 게 아닐세. 눈빛을 보면 진짜 좋아하고 있네."

"대협 말씀은 주군의 말이 진심이라는 말씀입니까?"

"눈빛을 보면 진심인 것 같네만……."

"아."

소대섭은 앞서 나가는 한빈의 뒷모습을 보며 탄성을 흘렸
다.

사실 분에 넘치는 별호를 받은 자신에게 벌을 내릴 줄 알았다.

천수도협이라?

어찌 보면 주군인 한빈을 넘어선, 과하디과한 별호였다.

주군을 넘어서는 별호를 가진 수하에게 저리 축하해 줄 자가 강호에 있던가?

소대섭은 없다는 데에 자신의 한 달 급여를 걸 수 있었다.

소대섭의 표정을 본 서재오가 헛기침을 했다.

"흠."

"왜 그러십니까? 대협."

"자네의 표정을 보니 착각하는 것 같아서 한마디 해 주려고 하네."

"착각이라니요?"

"생각해 보게. 검협이니 도협이니 하는 별호는 사람을 두고 이르는 것이네."

"그건 그렇습니다. 그런데 그게 주군의 배포와 무슨 상관이라는 말입니까?"

"사람을 가리키는 별호가 어찌 생불이란 별호를 따라가겠냐는 말일세."

서재오는 피식 웃자 소대섭이 앞서 나가는 한빈을 바라봤다.

그러고는 입을 크게 벌렸다.

그 모습에 서재오가 물었다.

"또 무슨 일인가?"

"주군이 등에 메고 있는 게 뭘까요? 평소보다 조금 커 보이는데요."

"그러게 말일세. 먼저 가 보겠네."

말을 마친 서재오는 다급히 한빈을 따랐다.

❀

다음 날 아침, 한빈은 의자에 기댄 채 검은 바둑판을 바라보고 있었다.

그 바둑판은 황보만청에게 받은 천궁이었다.

천궁에 들어 있던 비급과 지도는 모두 찾았다.

한 번 분해하는 바람에 천궁의 안쪽에 있던 장치는 모두 망가진 상태.

한빈이 천궁을 가져온 이유는 무엇일까?

그것은 본능이었다.

천궁에는 아직 비밀이 남아 있다는 것이 한빈의 생각이었다.

한빈이 천궁을 감상하고 있을 때였다.

누군가 문을 두드렸다.

똑똑.

"주군."

목소리를 확인한 한빈이 답했다.

"들어와라."

동시에 문이 열렸다.

덜컹.

조호가 다급하게 뛰어왔다.

"주군, 정문에 손님이 찾아왔어요."

손님이라는 말에 한빈은 천궁에서 눈을 떼고 조호를 바라봤다.

"이렇게 이른 아침에 누구지?"

"산서의 양가라고 합니다."

"산서의 양가라면……. 신창양가?"

"네, 깃발을 보니 신창양가가 맞는 것 같아요."

조호가 고개를 끄덕이자, 한빈이 눈매를 좁혔다.

신창양가라면 사천당가와 함께 양을 쳐 놓은 가문이 아니던가?

모든 것은 무가지회를 위한 일이었다.

하나 그것은 변장한 한빈과 있었던 일.

실제 한빈과 신창양가는 별다른 접점이 없었다.

당시 신창양가는 급한 일을 처리하기 위해 하북 땅에 왔다고 했다.

그런데 신창양가가 왜 이곳에 왔단 말인가?

의문도 잠시, 한빈이 말했다.

"신창양가의 대공자는 지금 어디 있지?"

"주군, 어떻게 아셨어요?"

"그게 무슨 말이야? 조호."

"제가 대공자라는 걸 막 말씀드리려고 했는데, 벌써 알고 계셨잖아요."

한빈이 눈을 가늘게 떴다.

요즘 들어 조호의 촉이 많이 날카로워진 것 같아서였다.

한빈이 표정을 바꾸고 아무렇지 않게 말했다.

"한 조직의 수장이 되려면 보고를 받기 전에 미리 알고 있어야 하는 법이지."

말을 마친 한빈은 휘적휘적 앞서 나갔다.

그 모습에 조호가 다급히 외쳤다.

"주군, 어디 가십니까? 신창양가의 대공자가 어디 있는지 알고요!"

"우리가 손님 모시는 곳이 접객실 말고 또 어디 있어?"

"아, 그렇겠군요."

조호는 어색하게 웃으며 뒷머리를 긁적였다.

앞서가던 한빈이 힐끔 돌아봤다.

"안내는 필요 없으니 돌아가서 하던 일 마저 해."

말을 마친 한빈은 옷깃 스치는 소리만 남긴 채 사라졌다.

사사—삭.

천수장의 접객실.

본래대로 붉은 무복을 차려입은 한빈은 접객실로 들어섰다.

그곳에는 전에 봤던 신창양가의 대공자가 입술을 잘근잘근 씹고 있었다.

꽉 말아 쥔 주먹은 표정을 감추려는 듯 보였지만, 눈빛만은 계속 흔들리고 있었다.

한빈은 모른 척 포권했다.

"신창양가에서 오셨다고 들었습니다. 저는 하북팽가의 사공자 팽한빈이라고 합니다."

"저는 신창양가의 양예신입니다. 그런데 하북팽가라니요?"

양예신은 마주 포권했지만, 놀란 듯 눈을 크게 떴다.

물론 한빈도 이 상황이 의아할 뿐이었다.

"혹시 제가 하북팽가 사람인 걸 모르셨습니까?"

"저는 천수장의 장주라고만 듣고 찾아왔습니다."

말을 마친 양예신은 한빈을 쓱 훑어봤다.

하북팽가 사 공자라는 사람의 됨됨이를 이전부터 들어 왔기 때문이었다.

그것은 최근의 평가가 아닌, 이전의 겁쟁이란 소문이었다.

양예신은 갑자기 불안해졌다.

한빈은 양예신의 눈빛에 담긴 의미를 대충 눈치챌 수 있었다.

한빈은 헛기침하며 양예신을 바라봤다.

"흠."

기침 소리에 놀란 양예신이 다급하게 품속을 뒤졌다.

그는 서찰을 꺼내 잽싸게 한빈에게 건넸다.

"이걸 먼저 보시지요."

"일단 읽어 보겠습니다."

반사적으로 서찰을 건네받은 한빈은 아무렇지 않게 서찰을 읽어 나갔다.

서찰을 쓴 사람은 다름 아닌 광개였다.

내용은 간단했다.

양예신을 도와주라는 내용이었다. 물론 맨입은 아니라는 단서가 서찰의 말미에 붙어 있었다.

맨입이 아니라면?

서찰을 탁자에 내려놓은 한빈이 진지한 표정으로 말했다.

"이건 개방 하남 분타주, 광개의 서찰이군요."

"네, 광개는 제 오랜 벗입니다."

"광개의 벗이라면 양 공자님은 제 친구이기도 합니다. 편하게 본론을 말씀하시지요."

"초면에 이런 말씀을 드려도 될지 모르겠습니다. 어디서부

터 말씀드려야 할지…….

양예신은 아직 못 미더운 듯 머뭇거리며 한빈을 다시 훑어
봤다.

그 모습에 한빈이 딱 잘라 말했다.

"본론을 말씀드리지 않으면 저도 도와드릴 수 없습니다."

"네, 알겠습니다. 용건부터 말씀드리자면, 저는 용한 의원
을 찾아 이곳까지 왔습니다."

"용한 의원이라니요?"

"그러니까…….'

양예신의 설명은 간단했다.

신창양가의 가주인 양대한이 병에 걸렸다는 것이었다.

그런데 그 병세가 하남정가의 가주가 걸렸던 병과 같다고
했다.

한빈은 이 부분에서 몇 명 의심 가는 인물을 떠올렸다.

"여기까지는 우리 가문의 사정이고 아버님의 병세를 말씀
드리면…….'

"잠시만 기다리시지요."

"병세를 말씀드려야 대책을 말씀해 주실 수가…….'

"저는 의원이 아닙니다."

한빈의 말에 양예신의 눈썹이 꿈틀댔다.

"그게 무슨 말씀입니까? 의원이 아니시라니요? 광개나 이
곳 주민들의 말로는, 이곳 장주님이 뛰어난 의원이라고 하

여 불원천리 이곳으로 달려왔습니다. 그런데 의원이 아니라니요!"

목소리가 살짝 높아졌다.

한빈에 대한 불신이 밖으로 튀어나온 것이다.

양예신은 자리에서 일어나서 탁자를 쳤다.

쾅.

내공이 실리지는 않았지만, 탁자가 철렁하고 흔들렸다.

제법 큰 움직임이었다.

순간 양예신의 앞에 놓여 있던 찻잔이 공중으로 떠올랐다.

그 찻잔에 담겼던 물이 사방으로 흩어졌다.

순간 한빈은 전광석화를 운용하며 재빨리 그의 찻잔을 잡았다.

마치 노름꾼의 손놀림처럼, 양예신 앞에 있던 찻잔을 잡은 한빈의 손이 허공을 수놓았다.

사삭.

한빈은 눈 깜짝할 사이에 찻잔에서 떨어져 나간 물방울을 다시 찻잔에 담았다.

그 모습에 양예신은 눈을 크게 떴다.

지금의 한 수는 어디선가 본 듯한 수법이었다.

사천당가와 대결을 펼치던 객잔에서 푸른 무복의 도인이 보여 줬던 한 수.

양예신은 자리에 일어선 채 넋을 잃고 한빈을 바라봤다.

저게 하북제일의 겁쟁이라고?

자신이 이제까지 알던 한빈의 평가가 잘못되었음을 알아챈 양예신은 눈도 깜빡일 수 없었다.

눈은 깜빡이지 않았지만, 그의 심장만은 요동치고 있었다.

그것은 가슴속에 싹튼 희망 때문이었다.

그때 한빈은 찻잔을 그의 앞에 내려놨다.

탁.

힘껏 내려놨는데도 찻잔의 물은 전혀 튀지 않았다.

한빈은 찻잔으로 상대에게 자신의 경지를 살짝 보여 준 것이었다.

한빈이 이렇게 무공을 보여 준 이유는 무엇일까?

이번 일은 자신과 양예신 간의 거래여야 했다.

거래라는 것은 신뢰가 기본이 되어야 했다.

그런데 그가 보내온 미온적인 태도에서는 신뢰를 느낄 수 없었다.

한빈은 지금 거래의 초석을 다지고 있는 것이었다.

거기에 더해 하남정가와 비슷한 수법에 당했다면?

이번 일에 대해서는 조금 더 깊이 들어갈 필요가 있었다.

한빈이 물었다.

"이제 준비되셨는지요?"

멍하니 있던 양예신은 정신이 번뜩 들었다.

"네, 준비됐습니다."

"그럼 차 한잔 하고 이어서 대화를 나누시지요."

"제가 성급했습니다, 팽 공……."

양예신은 말을 맺지 못했다.

누군가가 한빈의 옆에서 차를 따르고 있기 때문이었다.

조르륵.

일정하게 흘러내리는 찻물에, 양예신은 마치 귀신이라도 본 듯 눈을 크게 떴다.

양예신은 지금의 상황이 이해되지 않았다.

자신이 한빈에게 눈이 팔려 있었던 것은 사실이었다.

하지만 기척도 없이 한빈의 옆에 다가와 차를 따르는 시녀라?

그런 고수가 일개 시녀일 리 없지 않은가?

그렇다고 시녀의 나이가 많아 보이는 것도 아니었다.

앳된 모습에, 훅 불면 날아갈 것 같은 외모였다.

양예신은 자신도 모르게 주위를 돌아봤다.

아무래도 이곳이 보통 장원 같지 않아서였다.

이곳에 오면서 천수장에 대한 온갖 이야기를 들었지만, 말도 안 되는 소문이라 생각했었다.

그런데 왠지 그들의 말 중 몇 가지는 사실일 수도 있다는 생각이 들었다.

양예신이 황당하다는 표정으로 멍하니 있자 한빈이 옆을 보며 말했다.

"설화야, 장 의원 좀 모셔 와라."

"네, 공자님."

말을 마친 설화는 재빨리 자리에서 사라졌다.

넋을 잃고 보던 사라진 설화를 양예신은 번뜩 정신을 차렸다.

자신이 왜 이곳에 왔는지를 깨달은 것이었다.

"팽 공자님, 의원이라니요?"

이제는 말투까지 살짝 바뀐 양예신이었다.

그 모습에 한빈이 사람 좋은 얼굴로 답했다.

"용한 의원이 필요하다고 하지 않았습니까? 제가 그 의원은 아니지만, 제 밑에 병을 제법 잘 보는 의원이 하나 있습니다."

"마을 사람들의 이야기로는 천수장의 장주님이 신의라 하던데, 그건 무슨 까닭입니까?"

"뭐, 틀린 말도 아닙니다."

"그게 무슨 말입니까? 팽 공자님."

"수하는 저의 수족이니 어찌 구분이 있겠습니까?"

"허, 제가 한 방 맞았군요."

양예신이 기분 좋은 표정으로 한빈을 바라봤다.

하지만 의문이 풀린 것은 아니었다.

천수장 아래에 있는 상인들과 마을 사람 중 몇은 천수장의 장주가 신의라고 했다.

이전에는 앉은뱅이 거지를 일으키기도 했다 들었다.

어떤 이는 천수장의 장주가 생불이라고도 했다.

사실 지나가던 이들이 듣는다면 코웃음 칠 말들이었다.

하지만 이렇게 대면하고 나니, 한빈에 대해 믿음이 생긴 양예신이었다.

그런데 의원이 따로 있다니?

양예신은 한빈이 자신의 능력을 감추려는 것은 아닌가 하는 생각을 했다.

양예신은 집안 이야기는 잠시 접어 두고 이런저런 이야기를 털어놓기 시작했다.

한빈도 그의 말에 맞장구치며 이야기를 이어 나갔다.

양예신의 입이 마를 즈음, 문이 열렸다.

덜컹.

의원 복장의 사내가 들어오더니 한빈의 옆에 섰다.

사내를 본 한빈이 옆자리를 가리키며 말했다.

"장 의원, 자리에 앉아요."

한빈의 말에 장자명이 자리에 앉았다.

장자명은 앞에 있는 낯선 손님에게는 눈길도 주지 않고 한빈을 바라봤다.

"사 공자님."

"왜 그러세요? 장 의원."

"제발 저 좀 살려 주십시오. 아무래도 며칠 안 가서 쓰러질

것 같습니다."

그는 장자명이었다.

장자명은 제발 살려 달라는 눈빛으로 한빈을 바라봤다.

그도 그럴 것이 장자명은 마을 재건 사업에 희생양이 된 상태였다.

마을에서 가장 중요한 것을 꼽으라면 아마도 치안일 것이다.

그런데 지금 이곳은 치안이 필요 없었다.

얼마 전까지 귀신 들린 마을로 불렸던 이곳에 누가 약탈을 하러 오겠는가?

그다음으로 필요한 것을 꼽는다면 바로 의원이었다.

그렇게 사람들이 이주해 오자, 천수장 근처에 의원이 생긴 것이다.

물론 그 의원은 서재오의 생각이었다.

거기에서 밤낮없이 환자들과 씨름하는 것이 장자명이고 말이다.

장자명은 제법 말이 통했던 서재오가 지금처럼 원망스러운 적이 없었다.

지금 서재오를 말릴 사람은 한빈밖에 없으니 도움을 청한 것이다.

그 모습에 양예신은 이를 꽉 깨물었다.

자신의 예상이 맞았다.

한빈은 의술을 숨기고 있는 것이 분명했다.

그러지 않고서야 의원이 한빈에게 살려 달라고 부탁을 하겠는가?

양예신의 눈은 그 어느 때보다 빛났다.

한빈은 아무 표정 없이 장자명을 바라봤다.

"일단 이 일부터 해결하고 상의하시고, 지금은 양 공자님 말에 집중하시죠, 장 의원."

"네. 집중하겠습니다, 사 공자."

장자명이 고개를 끄덕이자, 한빈이 그에게 장자명을 소개한 뒤 말을 이었다.

"이제 증세에 대해서 말씀하셔도 됩니다."

"그럼 말씀드리겠습니다. 그러니까……."

양예신은 비교적 자세히 양대한의 병세를 털어놓았다.

한빈은 양예신의 말을 듣는 대신 장자명의 표정을 살폈다.

양예신이 설명을 늘어놓자 장자명은 고개를 갸웃했다.

아무리 생각해도 이해가 안 된다는 듯 연신 고개를 갸웃하는 장자명.

설명이 끝나자 한빈은 알 듯 말 듯 의미심장한 표정을 지었다.

양예신의 설명이 끝나자, 찻잔 위에 모락모락 나는 김을 제외하고는 시간이 멈춘 듯했다.

양예신은 장자명의 말을 기다리고 있었고, 장자명은 고민에 빠진 듯 보였기 때문이다.

의외로 가장 먼저 입을 연 것은 한빈이었다.

한빈이 물었다.

"혹시 병에 걸리기 전에 잘못 드신 거라도 있습니까?"

"전혀 없었습니다."

"솔직히 말씀해 주셔야 합니다. 예를 들어 값비싼 영약이나, 구하기 힘든 영약이나, 남들에게는 말 못 할 영약 같은……."

한빈이 슬쩍 말끝을 흐리며 양예신을 바라봤다.

양예신은 한숨을 푹 쉬더니 말을 이었다.

"휴. 역시 사 공자님의 눈을 못 속이겠군요. 사실은……, 있었습니다."

"어떤 종류의 영약이었습니까?"

"그건 말씀드릴 수가……."

"그럼 어떻게 얻으셨습니까? 그것도 말씀해 주실 수 없습니까?"

"그것도……."

"그럼 치료비가 꽤 올라가는데도요?"

"……."

양예신은 멍하니 한빈을 바라봤다.

잠시 머뭇거리던 양예신이 고개를 끄덕였다.

"아무래도 좋습니다."

"알겠습니다, 그럼 처방전을 준비하지요."

"네? 그게 무슨 말씀입니까?"

"장 의원과 몇 가지 상의만 하고 바로 처방전을 내어 드리겠습니다."

"……."

양예신은 무슨 말인지 모르겠다는 듯 아무 말 없이 한빈을 바라봤다.

한빈은 양예신의 시선에는 아랑곳하지 않고 장자명에게 물었다.

"여덟 번째 증상이 맞죠?"

"제가 보기에도 그렇습니다."

"그럼 처방전을 써 주시죠."

말을 마친 한빈은 손가락을 튕겼다.

딱!

그 소리에 맞춰 설화가 나타났다.

물론 손에는 지필묵이 든 보따리가 있었다.

설화는 정성스럽게 보따리를 풀고는 장자명과 한빈의 앞에 종이를 펼쳐 놓았다.

서로 눈빛을 교환한 한빈과 장자명은 동시에 붓을 놀리기 시작했다.

사사—삭, 사사—삭.

두 개의 붓이 종이 위를 누볐다.

양예신은 넋이 빠진 채 그 모습을 보고 있었다.

붓놀림에 넋이 나간 것은 아니었다.

한빈이 손가락을 튕긴 소리가 푸른 무복의 도인과 너무 흡사했기 때문이었다.

의심이 확신으로 바뀌는 순간이었다.

신선처럼 나타났다 사라진 도인의 제자라니!

한빈에 대한 믿음이 점점 단단해졌다.

그때 한빈과 장자명의 붓이 멈췄다.

양예신은 한빈의 앞에 있는 종이와 장자명의 앞에 있는 종이를 번갈아 보다가 조심스럽게 물었다.

"처방전이 두 장입니까?"

"아닙니다."

한빈이 답하자 양예신이 물었다.

"그런데 왜 종이가 두 장입니까? 팽 공자님."

"한 장은 당연히 계약서죠."

"아, 그렇군요."

양예신은 입을 턱 벌렸고, 그 모습을 뒤에서 바라보던 설화는 천장을 올려다보며 속으로 혀를 찼다.

설화의 눈에는 양예신이 등불을 향해 달려드는 불나방처럼 보였던 것이다.

천수장의 정문.

교대를 마친 조호가 막 숙소로 돌아가려 할 때였다.

눈에 익은 누군가가 터벅터벅 걸어왔다.

눈매를 좁히던 조호는 상대를 알아보고는 재빨리 달려갔다.

"무제자 어르신."

"어이쿠, 조호 아니냐?"

"예. 그런데, 뒤에는 누구신지⋯⋯."

조호가 말끝을 흐리자 무제자가 턱짓하며 그들을 소개했다.

"이쪽은 이번에 개방도로 첫걸음을 막 뗀 녀석들이다."

"아, 그렇군요."

"똘망똘망하게 생긴 여기 이놈은 현개라고 하지."

이름 없는 어린 거지는 이름을 받았다.

그것도 거지에게는 드문 이름으로 말이다.

"안녕하세요, 저는 현개라고 해요."

어린 거지가 인사를 하자, 조호가 답했다.

"현명한 거지라, 좋은 이름이구나."

조호가 입에 침을 발라 가며 칭찬하자, 어린 거지 현개는 연신 고개를 숙였다.

현개를 흐뭇하게 바라보던 홍칠개는 못마땅한 표정으로 뒤쪽에 있는 덩치 좋은 사내를 쓱 바라봤다.

"이쪽 뺀질뺀질한 놈은 장오라고 한다. 속세에 찌든 때를 아직도 못 벗은 놈이지."

홍칠개의 소개에 장오가 쭈뼛대다가 마지못해 포권했다.

"안녕하슈, 개방의 장오라고 합니다."

"안녕하세요, 천수장의 조호라고 해요."

조호가 마주 포권했다.

인사를 나눈 조호는 홍칠개에게 물었다.

"무제자 어르신, 침소는 어떻게 할까요?"

"평소대로 마구간에 짚이나 깔아."

"우리 공자님이 어르신 오시면 극진히……."

"거지가 무슨 침상이야? 마구간도 호사야, 호사. 안 그런가?"

되묻는 홍칠개의 말에 조호는 눈만 끔뻑거렸다.

그렇다고 할 수도 없는 일이고, 아니라고 했다가는 괜히 한 소리 들을 것 같아서였다.

조호가 당황하고 있을 때 어디선가 함성이 들렸다.

와아!

그 소리에 조호가 손뼉을 쳤다.

짝!

홍칠개가 눈을 가늘게 뜨고 물었다.

"지금 무슨 소리더냐?"

"신창양가가 방문했는데, 적혈맹호대와 친선 비무를 하기로 대주끼리 약속을 했나 봅니다. 저도 지금 들렀다가 가려고요."

"오호, 간만에 싸움 구경 좀 하겠구나."

"우리 공자님이 어르신을 닮았나 보네요."

"하하, 그럼 제자가 사부를 닮아야지."

홍칠개는 턱짓으로 조호를 재촉했다.

조호는 홍칠개의 표정을 보고는 속으로 한숨을 쉬었다.

가만 보면 홍칠개는 묘한 곳에서 자부심을 느꼈다.

사실 싸움 구경 좋아한다라는 말이 칭찬이던가?

제자가 사부를 닮았다는 것만으로도 어깨를 으쓱하는 모습은, 조호가 봤을 때는 팔불출에 가까웠다.

와아!

소리가 점점 가까워지자 조호의 발걸음도 빨라졌다.

사실 조호의 가슴도 살짝 뛰었다.

신창양가가 어디던가?

강북 오대세가에는 속하지 않지만, 그에 버금가는 저력을 가지고 있는 무가였다.

중요한 것은 지금 방문한 무력대가 신창양가 최고의 무사들이라는 점이었다.

조호는 항상 자신의 위치가 궁금했다.

장운현에서 죽을 고비를 넘겼다지만, 실제로는 적과 싸워
본 것도 아니으며.

하남정가에서도 실력을 보이긴 했지만, 상대와 싸워서 이
긴 것은 아니었다.

조호에게는 항상 대결에 대한 갈증이 있었다.

물론 나머지 적혈맹호대 대원들도 조호와 마찬가지였다.

연무장까지 한걸음에 달려간 조호는 입을 벌렸다.

지금 막 나온 적혈맹호대 대원이 다름 아닌 장삼이었기 때
문이다.

조호가 대결을 앞둔 장삼을 보고 놀라고 있을 때였다. 조
호와는 다른 심정으로 대결을 보고 있는 이가 있었다.

그는 바로 장오였다.

신창양가라는 무림세가를 상대하는 비무라 들었는데, 느
닷없이 자신의 형이 서 있는 것이었다.

나이 든 삼류 무인.

그것이 장오가 내린 형에 대한 평가였다.

그런데 신창양가의 최고 무력대와 비무를 벌이려고 하다
니!

사실 한숨만 나왔다.

모자른 줄 알면서 얼굴을 세우기 위해 삼류의 실력으로 일
류 무인들 앞에 선다라?

그것은 무인의 자존심이 아닌 객기에 가까웠다.

장오가 낮은 목소리로 말했다.

"늙으면 곱게 죽든가……."

그 말에 조호가 눈을 가늘게 떴다.

누가 봐도 장오가 한 말은 자신이 가장 믿고 따르는 장삼을 두고 한 말이기 때문이다.

조호는 욕이라도 던져야 시원해질 것 같았다.

입술을 달싹이던 조호는 장오의 이름을 떠올렸다.

혹시?

고개를 갸웃한 조호는 팔짱을 끼고 잠시 생각에 잠겼다.

분명 장삼에게는 동생이 있다고 들었다.

그것도 아주 못된 동생이 말이다.

조호는 머리를 짜내었다.

주군인 한빈이라면 장오를 어떻게 할지 하며 말이다.

고민을 끝낸 조호가 장오에게 물었다.

"저랑 내기 하나 하실래요?"

"내기라니, 무슨 내기를 말이오?"

"저 두 무사 중 누가 이길 것 같은지요."

조호의 말에 장오가 눈을 크게 떴다.

"두 무사라니? 혹시 신창양가의 무사와 저 늙다리 말이오?"

조호는 자신의 형, 즉 장삼을 보고 비웃는 장오의 태도에 할 말을 잃었다.

그는 그동안 장삼이 자신에게 해 준 장오 이야기는 반의반
도 안 되었음을 깨달았다.

"……."

"하하, 결과야 뻔하지 않소."

"혹시 모르죠?"

"젊은 무사 양반, 삼류가 일류를 누를 수는 없는 법이지.
그건 세상이 무너져도 일어날 수 없는 일이야."

"뭐, 살다 보면 늙다리가 이길 수도 있는 일 아닐까요?"

"이거 참, 내기를 하자는 건가, 말싸움을 하자는 건가?"

"내기를 하자는 거죠."

"내기가 성립되나? 어차피 당신도 신창양가의 무사한테
걸 거잖아."

"저는 저 늙다리한테 걸 건데요."

　조호가 장삼이 있는 쪽을 보며 피식 웃었다.

　그 모습에 장오가 눈을 빛냈다.

　그동안 노름판을 오가며 뼛속까지 박힌 노름의 본능이 고
개를 쳐든 것이었다.

　장오는 올라가려는 입꼬리를 겨우 감췄다.

　조호라는 무사는 분명히 자신의 형, 장삼의 동료였다.

　상대는 동료애 때문에 장삼에게 돈을 걸려고 하는 것이 분
명했다.

　장삼을 가장 많이 아는 자는 누구일까?

동료일까?

아니면 가족인 장오, 자신일까?

장오가 내린 결론은 바로 자신이었다.

몇 년간은 드문드문 본 것이 전부였지만, 삼류 무인인 자신의 형, 장삼이 신창양가의 무사를 이길 순 없을 것이다.

더욱이 서른이 넘어서도 삼류로 살아가던 장삼이었다.

아마 지금도 이류 근처에도 못 갔을 것이었다.

그렇다면?

남은 것은 상대에게 최대한 돈을 뜯어내는 일만 남았다.

운이 없어서 이상한 거지한테 잡혔지만, 돈만 있으면 이 상황은 어떻게든 벗어날 수 있었다.

장오는 상대에게 최대한 돈을 뜯어내기로 결심하고 입을 열었다.

"그깟 푼돈 가지고 동료애를 표시하려고 하는 게 조금 안타깝구료."

"푼돈이라고요?"

"그쪽이 한 달에 버는 돈이라고 해 봤자 뭐……."

장오는 말끝을 흐렸다.

갑자기 조호가 품속에 손을 넣었기 때문이다.

사실 지금, 상대의 자존심을 너무 건드렸나 하며 살짝 쫄리는 장오였다.

그것도 잠시, 장오의 눈이 커졌다.

조호의 품속에서 나온 것은 묵직한 전낭이었다.

그는 아무렇지도 않게 전낭의 끝을 풀었다.

그러고는 장오의 면전에 전낭을 내밀었다.

순간 장오의 눈이 반짝였다.

추상적인 의미가 아니라 진짜 은색으로 반짝이고 있었다.

장오의 눈동자에 전낭 속 가득한 은전이 반사된 것이었다.

장오가 침을 꿀꺽 삼켰다.

그 모습을 본 조호가 말했다.

"쫄리면 그냥 앉아 계시죠, 거지 아저씨."

조호는 거지란 말에 유난히 힘을 주었다.

서로의 눈에 불꽃이 튀기 시작했다.

그것도 잠시 장오가 다급한 표정으로 자신의 품을 뒤지기
시작했다.

마치 온몸이 근지러워 긁는 것처럼 보였다.

조호가 말했다.

"그렇게 온몸을 긁는 것을 보니, 거지 생활이 오래되지 않
은 것처럼 보이네요."

"나 거지 아니다."

"그럼 걸 돈이 있어요?"

"……"

"뭐, 돈 대신 인생을 걸어도 되고요."

"인생?"

"거지 인생이니 일 년에 은전 한 냥 정도……."

"거지 아니래도……."

"개방도니 은전 한 냥, 그냥 거지면 은전 한 닢. 개방이에요, 아니에요?"

"개, 개방도 맞다."

"그럼 난 이 은전 육십 냥을 전부 걸고. 거지 아저씨는 육십 년을 걸고. 어때요? 아니, 그럼 내가 손해인가……."

조호는 고개를 갸웃하며 장삼 쪽을 바라봤다.

그의 행동 하나하나는 한빈에게 배운 그대로였다.

주군인 한빈은 상대를 낚으려면 절대 조급해서 안 된다고 했다.

조호는 손짓과 말투까지 모두 최선을 다하고 있었다.

처음에는 상대가 괘씸해서 시작한 행동이었다.

하지만, 나름 낚는 맛에 빠져들고 있었다.

그렇다고 마냥 좋은 것만은 아니었다. 조호는 지금 조금씩 지쳐 가고 있었다. 상대를 낚는다는 것이 이렇게 힘들 줄을 몰랐다.

그렇지만 힘든 티를 낼 수는 없었다.

빈틈을 보이는 즉시 상대는 도망칠 수도 있으니 말이다.

조호는 항상 낚싯대를 드리우며 주변 사람들을 낚는 주군이 존경스러웠다.

그때, 장오의 목소리가 들려왔다.

"하겠네, 하겠어."

그 목소리에 조호는 피식 웃었다.

그러고는 손가락을 튕기려 했다. 하지만, 튕기지는 않았다.

자신에게는 계약서를 가져다줄 설화가 없었던 것이다.

그때였다.

누군가가 조호의 옆에 보따리를 내려놨다.

탁.

고개를 들어 보니 설화가 빙긋 웃고 있다.

"조호 오라버니, 이게 필요할 것 같아서요."

"아, 설화구나."

"지나가는 길에 재미있는 구경을 할 수 있을 것 같아서 들렀어요. 먹 갈아 드려요?"

"아, 그러니까 먹은 됐고……."

조호는 말끝을 흐렸다.

여기까지가 조호의 한계였다.

주군인 한빈처럼 하려고 애썼지만, 똑같이 할 수는 없었다.

그것은 조호가 아직도 완벽하게 글을 쓸 수 없다는 이유에서였다.

대충 읽을 수 있고 이름 석 자를 쓸 수는 있어도 계약서를 작성할 만큼 글을 깨치지는 못했다.

하북팽가
검술천재

조호는 분함에 이를 악물었다.

그때 웃음소리가 들려왔다.

"하하! 조호야, 아직 멀었구나."

조호는 고개를 들었다.

그곳에는 이제까지 아무 말 없이 상황을 바라보고 있던 홍칠개가 있었다.

홍칠개가 긴 웃음의 끝에 다시 말을 이었다.

"조호야, 이런 간단한 내기는 내가 증인이 되면 그만이다."

"아, 그렇겠군요."

조호가 고개를 끄덕였다.

그 모습을 바라보던 장오는 안도의 한숨을 쉬었다.

그 한숨에는 잘못하면 은전 육십 냥을 날릴 뻔했다는 뜻이 담겨 있었다.

장오는 홍칠개를 바라봤다.

이제까지는 홍칠개의 시선을 피했지만, 오늘만은 간절했다.

그 눈빛을 받은 홍칠개가 말했다.

"너희의 약속을 개방의 홍칠개가 지켜보았다. 만약 약속을 어기는 자가 있다면 백만 개방 방도의 눈길을 피하지 못할 터……."

증인으로서 말을 끝낸 홍칠개는 가래를 모아 조호와 장오의 가운데에 뱉었다.

"퉤!"

동시에 조호와 설화가 몇 걸음 물러났다.

몇 걸음 물러난 조호가 뭔가 생각난 듯 말했다.

"이제, 비무를 지켜보죠."

말을 마친 조호는 연무장 쪽으로 시선을 돌렸다.

시선을 돌린 조호의 눈이 커졌다.

비무를 시작할 생각도 하지 않은 채 양쪽 진영 모두가 분주히 움직이고 있었던 것이다.

가만히 보니 그들도 내기를 하고 있었다.

조호가 시작한 내기가 전염병처럼 연무장 주변으로 퍼져 나갔던 것.

신창양가 무리와 적혈맹호대가 지금 전낭을 털고 있었다.

"아."

조호는 자신도 모르게 탄성을 터뜨렸다.

옆에 있던 설화가 뭔가 생각난 듯 말했다.

"역시 좋은 건 나눠 가져야 한다고 공자님이 말씀하셨죠."

"좋은 걸 나눠 가지다니?"

"싸움에는 내기가 최고잖아요. 잠시만요, 저도 돈 좀 걸고 올게요."

사사—삭.

설화가 순식간에 내기를 거는 사람들 쪽으로 사라졌다.

조호가 시작한 작은 내기는 이제 거대한 해일이 되어 연무

장을 덮었다.

간단한 친선 비무가 갑자기 가문끼리의 행사가 되어 버린 상황.

연무장에 선 신창양가의 무사는 이전과 다르게 굳은 표정으로 창을 잡았다.

그는 창끝보다도 뾰족한 눈빛으로 장삼을 노려봤다.

단순한 친선 비무가 아닌 가문 간의 명예가 걸린 이 비무에서 자신의 모든 것을 보여 주겠다는 각오였다.

하지만 그의 앞에 선 장삼의 시선은 연무장 옆 조호 쪽을 향해 있었다.

정확히는 조호가 아니라 장오였다.

집에 들어올 생각도 안 하는 망나니 동생이 왜 저기 있단 말인가?

거기에 거지꼴을 하고 조호와 내기를 하고 있었다.

그것도 잠시, 장삼은 조호를 확인했다.

조호가 고개를 끄덕이며 눈빛으로 뭐라 말하고 있다.

이건 꼭 이기라는 신호였다.

장삼은 조용히 고개를 끄덕였다.

천천히 끄덕이던 장삼의 고개가 멈췄다.

몇 번 끄덕이지 않았지만, 장삼은 자신의 머리가 만근이 되는 것처럼 힘들었다.

그것도 잠시, 장삼은 눈을 빛내며 상대를 바라봤다.

상대도 자신처럼 매의 눈으로 연무장을 살피고 있었다.

사실, 장삼과 상대의 눈에는 연무장이 아닌 전장으로 보였다.

비록 살생이 금지된 비무이긴 했지만, 눈빛만으로 상대를 죽일 것 같은 분위기였다.

장삼은 현철 반 묵철 반으로 만든 칼의 손잡이를 꽉 움켜쥐었다.

물론 친선 비무이기에 칼에는 가죽으로 만든 칼집이 씌워져 있었다.

그때 소대섭의 목소리가 들렸다.

"비무 시작."

그 말을 시작으로 신창양가의 무사와 장삼이 움직이기 시작했다.

스슥.

그들의 발이 연무장 바닥을 쓰는 듯 움직인다.

먼저 간격을 좁힌 것은 신창양가의 무사였다.

창이 도(刀)보다 공격 범위가 넓기에, 이런 비무에서 선제공격은 항상 창을 든 자가 하기 마련이었다.

하지만, 신창양가의 무사는 간격은 좁히되 먼저 공격을 하지는 않았다.

마치 낚시를 하는 듯 일정한 간격을 유지한 채 장삼의 주위를 맴돌고 있었다.

장삼도 섣불리 앞으로 나서지는 않았다.

지금은 내공을 사용하는 자리는 아니었다.

병장기의 날을 가죽으로 막고 철저하게 초식으로 승부를 내야 하는 자리였다.

창을 상대한 적은 없지만, 창을 어떻게 상대해야 하는지는 주군인 한빈에게 배운 적이 있었다.

사실 배웠다고 해야 할지, 그냥 시도 때도 없이 맞았다고 해야 할지 모르겠지만 말이다.

한빈이 보는 창술에 대한 파훼법은 간단했다.

그것은 찰, 즉 찌르고 빼는 동작만 잘 피하면 된다는 것이었다.

사람들은 창술의 기본을 란나찰이라고 말한다.

바깥으로 돌려 걸어 내고, 안으로 돌려 누르고, 찌르는 동작을 말한다.

앞에 란과 나는 마지막 찰을 위한 기본 포석일 뿐.

찔러 들어오는 동작만 막을 수 있다면 아무리 고강한 창술이라도 파훼할 수 있다는 것이 기본 이론이었다.

그렇다면 기다란 창을 어떻게 피할 수 있다는 말인가?

한빈이 제시한 해법은 공간 감각이었다.

쉽게 말해 공간을 느끼는 감각.

공간 감각을 위해서 눈을 가리고 밥을 먹고, 밥을 먹다 찔러 들어오는 꼬챙이에 수난을 당해야 했다.

뾰족한 물건이라면 눈을 감고도 피할 수 있다는 자신감을 얻었을 때 그 훈련은 끝이 났다.

장삼이 거기까지 생각했을 때였다.

상대 무사의 창이 슬쩍 회전했다.

장삼은 눈을 가늘게 뜨고 발을 바라봤다.

상대의 발이 전진한다.

창으로 시선을 뺏고 거리를 좁혀 오는 상광첨창(常光尖槍)의 수법.

상광첨창의 수법은 어찌 보면 동수 간의 대결에서 주로 쓰는 신창양가의 고급 창술이었다.

창을 흔들면서 적의 눈을 교란시키며 들어오지만, 정작 적은 좁혀지는 간격을 모른다.

그것은 신창양가 특유의 조법으로, 창을 뒤쪽으로 빼기 때문이다.

상대는 창을 잡되 창을 실제 잡지는 않고 있었다.

내공으로 창을 다루고 있는 것이다.

손바닥 위에 진기를 불어 넣은 채 유지하면서 창을 자유로이 다룬다고?

뭐, 무기에 내공을 넣는 것은 아니니 친선 비무에서 벗어난 것은 아니었다.

하지만, 수법이 문제였다. 장삼은 눈매를 좁혔다.

상대가 절정 고수임을 말해 주는 것이었다.

장삼은 막 절정의 경지에 오른 상황.

기세로 봐서는 비슷하지만, 상대가 자신의 아래일 확률은 적었다.

이 승부에서 이기려면 정공법으로는 안 된다는 말이었다.

고민을 끝낸 장삼은 모른 척 간격을 유지했다.

장삼은 고의로 빈틈을 보여 주기로 한 것이었다.

아니나 다를까, 눈을 어지럽히며 들어오던 상대는 적당한 간격을 이루자 창을 뻗었다.

슝.

상대의 창이 가슴을 향해 파고들었다.

이제껏 뒤로 빼기만 하던 창대를 한 번에 앞으로 밀어 낸다.

신창양가의 창술 중 진왕마기(秦王磨旗) 수법.

장삼은 창대를 흘려보내기 위해 몸을 젖혔다.

휙.

신창양가가 내뻗은 창대가 뱀처럼 장삼의 상체를 훑고 지나갔다.

순간 구경꾼들이 탄성이 흘러나왔다.

"아."

그것은 대부분 적혈맹호대의 목소리였다.

즉, 안타까움의 탄성.

하지만 그들과 멀리 떨어진 곳에서 비무를 바라보고 있던 조호만은 눈을 빛냈다.

조호는 장삼에 대해서는 누구보다 더 잘 알고 있다고 자신하고 있었다.

어찌 보면 장삼의 형제보다, 그의 부모보다도 말이다.

그것은 반쯤은 맞는 말이었다. 다른 것은 몰라도 장삼의 무공에 대해서는 조호가 훤히 꿰뚫고 있는 것이 맞으니까.

살짝 옷자락을 스쳤지만, 치명적인 공격은 아니었다.

거기에 장삼이 피한 동작이 묘했다.

단순히 무게중심을 아래로 두고 몸을 젖힌 것이 아니었다.

장삼은 무릎을 꿇은 상태에서 신창양가의 무사에게 파고들었다.

사삭.

장삼의 무릎이 연무장 바닥을 쓰는 소리가 들렸다.

내공을 하체에 모아서 방아깨비 뛰듯 품속으로 파고든 것이다.

그것도 무릎을 꿇은 것처럼 보이는 상태에서 말이다.

하지만 무릎이 바닥에 닿은 것은 아니었다.

최대한 아래쪽으로 바닥에 바싹 붙어서 마치 무릎을 꿇은 듯, 누워 있는 듯 보일 뿐이었다.

위쪽은 신창양가 무사의 창이 장악하게 내버려 둔 대신, 아래쪽을 택한 장삼의 선택은 과연 옳은 것이었을까?

일단 장삼의 선택은 맞았다.

도법을 펼칠 수 있는 간격 안으로 파고드는 데는 성공했으

니까.

하지만 모두는 고개를 갸웃했다.

뒤쪽으로 몸을 젖힌 채 장삼이 할 수 있는 것은 아무것도 없어 보였다.

모두가 의문을 품고 있을 때, 장삼이 도를 바닥에 꽂았다.

팍.

청강석으로 된 바닥에 꽂힌 것은 아니지만, 가죽으로 감싼 덕분에 몸을 지탱하기는 충분했다.

뭐, 중심을 잡기에는 더 편해 보였다.

그 상태로 장삼의 다리가 상대의 하체를 향해 날아갔다.

쓰윽.

빗자루로 바닥을 쓸듯이 날아오는 장삼의 공격에 모두는 탄성을 흘렸다.

그만큼 장삼의 공격은 창의적이었다.

장삼과 맞서던 신창양가의 무사는 눈을 크게 떴다. 장삼의 공격을 일반적인 방법으로 막을 수는 없었다.

당장 저 공격을 못 막는다면 낭패를 볼 것이 분명했다.

장삼의 공격 방향은 미리 무게중심을 어떻게 옮길지를 계획하고 있었기에 가능했다.

하지만 신창양가 무사는 진왕마기의 초식으로 단번에 장삼을 제압하려 했기 때문에 무게중심이 앞으로 쏠려 있었다.

신창양가의 무사는 무게중심이 앞으로 쏠린 상태에서 개

구리처럼 뛰어올랐다.

장삼의 다리 공격을 피하고 반대쪽에서 승부를 보려는 것이었다.

붕.

그의 몸이 장삼의 상체를 지나갔다.

순간 신창양가 무사는 등골이 오싹해 오는 것을 느꼈다.

이것은 무인으로서의 본능.

눈에 보이는 위협은 없었지만, 신창양가의 무사는 재빨리 창대를 힘껏 꼬나잡고 앞을 막았다.

그때였다.

꿍음이 울렸다.

카ー앙!

동시에 신창양가 무사가 날아오르던 방향 그대로 튕겨 나갔다.

쿵!

데구르르.

연무장 끝까지 구르는 신창양가의 무사.

장삼은 중앙에서.

신창양가의 무사는 연무장의 끝쪽에서 다시 몸을 세웠다.

누가 봐도 신창양가의 무사가 낭패한 모습이었다.

구경하던 신창양가의 무사 중 하나가 말했다.

"하북팽가의 도법 중 저런 초식이 있었습니까?"

"그러게, 나도 처음 보는군."

신창양가 무력대의 대주가 답하자, 다른 무사가 끼어들었다.

"늙은 생강이 맵다더니, 정말이군요. 저런 실력을 숨기고 있을 줄은 몰랐습니다, 대주."

"맞네. 어찌 보면 우리가 산서 안의 개구리였던 것 같네."

"누가 이길까요?"

"무공의 경지로만 보면 신창양가가 질 리 있겠나?"

"이렇게 당했는데도요?"

"잘 보게, 하북팽가의 저 무사는 호흡이 거칠어졌네. 이번 한 수에 모든 것을 걸었다는 증거지. 앞으로 삼 합 안에 승부가 결정 날 것이야."

하지만 신창양가 무사들의 예상은 빗나갔다.

챙, 챙.

도신과 창대가 계속 맞부딪쳤다.

얼마나 시간이 지났는지, 연무장 바닥에 깔린 두 무사의 그림자마저 눈에 띄게 방향이 바뀌었다.

챙, 챙.

신창양가 무사들과 적혈맹호대 대원 모두 눈을 크게 떴다.

이 정도면 벌써 승부가 났어야 정상이었다.

하지만 둘은 한 치의 양보도 없었다.

자세히 보면 둘의 창과 도는 눈에 띄게 느려진 상태였지만, 그 기세만은 조금도 줄지 않았다.

장삼은 이제 한계에 다다랐다.

그가 지금 펼치는 하북팽가의 초식은 모두 본능적으로 튀어나오는 것이었다.

하지만 묘하게 마음은 안정되었다.

마치 한 걸음 떨어진 곳에서 자신이 펼치는 동작을 바라보는 듯한 느낌이었다.

그것이 깨달음의 끝자락일 것이라 장삼은 생각했다.

쿵. 쿵.

장삼의 심장이 더욱 빨리 시작했다.

가슴에서 속도를 붙인 피가 혈도를 타고 점점 빨라진다.

빨라진 것은 그뿐이 아니었다.

천 리를 뛰어온 늙은 당나귀의 다리처럼 축 늘어졌던 근육에 힘이 붙기 시작했다.

그것을 기점으로.

챙. 챙.

장삼의 도(刀)가 점점 빨라지기 시작했다.

신창양가 무사는 장삼의 모습을 하나로 평가했다.

회광반조(回光返照).

죽기 직전에 잠시 기운을 찾는다는 의미였다.

신창양가 무사는 이것이 상대의 마지막 발악이라고 생각

했다.

그는 상대가 여기까지 온 것만 해도 대단하다고 칭찬해 주고 싶었다.

사실 그는 신창양가 무력대 중 세 손가락 안에 꼽히는 무사였다.

그는 이제 자부심을 지킬 때라 생각했다.

모든 진기를 상체로 모으고 초식을 펼쳤다.

물론 친선 비무의 규칙대로, 창으로 진기를 내보내지는 않았다.

그때였다.

갑자기 상대의 칼이 일도양단의 기세로 날아왔다.

슝!

신창양가의 무사는 부드럽게 상대, 즉 장삼의 칼을 흘려보냈다.

그러고는 짧게 쥐었던 창을 길게 뻗었다.

모아 둔 공간만큼 창은 속도를 더해 나갔다.

하지만, 그것은 그의 착각.

장삼은 묘하게 칼의 방향을 바꾸었다.

신창양가 무사는 재빨리 뒤로 물러나며 길게 뻗었던 창을 빼내었다.

장삼의 칼이 그의 옆구리를 향해 날아왔다.

팽가 도법의 기본인 왕자사도(王子四刀).

신창양가 무사는 뒤로 물러나는 동시에 창을 지그시 아래쪽으로 눌렀다.

붕!

탁!

연무장 바닥과 장삼의 도가 맞닿았다.

신창양가 무사가 승기를 잡은 듯 장삼의 가슴을 향해 창대를 밀어 넣었다.

그때 바닥에서부터 튀어 오르는 장삼의 도.

그때 장삼의 도가 멈췄다.

장삼의 가슴을 향해 나가던 신창양가의 창도 멈췄다.

신창양가 무사가 작게 신음을 흘렸다.

"음."

하지만, 그 신음의 의미를 아는 이는 아무도 없었다.

서로 멈췄지만, 신창양가 무사의 창날이 상대의 몸에 더 가까웠기 때문이다.

그들은 멈춘 상태에서 잠시 서로를 바라봤다.

사람들은 이 대결의 마지막 장면을 되새김질하듯 눈동자를 굴리고 있었다.

시간이 멈춘 것 같은 장면에 모두는 침도 삼키지 않았다.

그때 유일하게 소리를 내는 이가 있었다.

그는 장오였다.

장오는 손뼉을 쳤다.

하북팽가
검술천재

짝!

그러더니 조호에게 말했다.

"내가 이겼다, 내가 이겼어."

상기된 장오의 표정을 본 조호가 눈을 가늘게 뜨고 물었
다.

"당신의 형이 졌는데, 그리 기분이 좋나요?"

"그럼, 좋지. 내 형이 승부에서 지는 것은 당연한 거고 내
가 이 내기에서 이긴 것도 당연한 일이지."

장오의 대답은 한 치의 망설임도 없었다.

조호가 고개를 흔들며 말했다.

"참 인생을 쉽게 사셨네요."

"뭐라고? 네놈이 아무리 그래 봤자 내기는 내가 이겼다.
이건 내가 가지고 가지."

장오는 조호가 내놓았던 전낭을 가져가려고 했다.

그때 조호가 그의 소매를 잡았다.

"잠깐."

"사내가 한 입으로 두말하기냐?"

"잘 보시죠. 당신의 형님과 상대편의 모습을요."

조호가 턱짓으로 연무장을 가리켰다.

장오는 시선을 돌리며 고개를 갸웃했다.

조금 이해가 안 되는 것이 있었다.

다시 생각해 보니, 자신이 장삼의 동생임을 상대가 알기

때문이었다.

하지만 다 이긴 내기 앞에서 문제가 되지는 않았다.

모두는 장삼과 신창양가의 무사를 기다렸다.

그것이 이런 멋진 비무를 펼친 둘에 대한 예의라 생각했다.

먼저 입을 연 것은 신창양가 무사였다.

그는 재빨리 창을 거두고 포권했다.

"졌습니다."

그의 한마디에 주변 사람들은 고개를 갸웃했다.

오로지 팔짱을 끼고 무표정하게 바라보던 홍칠개만이 고개를 끄덕였다.

그만이 지금의 상황을 꿰뚫어 보고 있던 것이었다.

모두는 이게 어찌 된 일인지를 확인하기 위해 눈매를 좁혔다.

그때 연무장 중앙을 향해 달려가는 사람이 있었다.

그는 장오였다.

장오는 지금이 어떤 자리인지는 까마득하게 잊었다.

자신이 어찌하여 홍칠개에게 끌려왔는지.

이곳이 신창양가와 하북팽가라는 무림세가가 비무를 하고 있는 연무장이라는 것도.

모두 잊은 채 달려갔다.

장오는 억울하다는 듯 신창양가의 무사에게 외쳤다.

"분명히 당신이 이겼는데, 왜 졌다고 하는 것이오! 지금 승부를 조작하려는 것이오?"

따지듯 묻는 장오의 모습에, 신창양가 무사는 창날을 돌렸다.

휙!

가죽에 덮인 창날이 장오의 얼굴을 향해 날아왔다.

내공도 없고 기세도 실리지 않았지만, 눈 깜짝할 사이에 날아온 창날에 장오는 석상이 되어 버렸다.

사실 창날이 날아오는 것도 보지 못했다.

눈 한번 깜빡한 사이 창날이 눈앞에 와 있으니 바로 얼어붙은 것이다.

문제는 상대의 의도를 모른다는 것이다.

장오는 자신의 행동에서 무엇이 잘못되었는지를 알 수 없었다.

장오는 조심스럽게 입을 열었다.

"무사 나으리, 제게 왜 그러십니까? 저는 무사 나으리를 응원했을……."

장오는 말을 맺지 못했다.

신창양가의 무사가 창을 살짝 움직였기 때문이다.

쓱.

눈앞에서 돌아가는 창날에 장오는 입만 벌렸다.

순간 신창양가의 무사가 입을 열었다.

"벗겨 보시죠."

"벗기다니……."

"창끝의 덮개를 벗겨 보시지요."

신창양가 무사의 말투는 정중했다.

장오는 가슴을 쓸어내린 후, 창날을 덮고 있는 가죽을 벗겨 냈다.

휘릭.

벗겨진 가죽 덮개가 힘없이 연무장 바닥에 떨어졌다.

낙엽처럼 떨어지는 덮개를 바라보는 이는 아무도 없었다.

물론 장오도 마찬가지였다.

창날을 바라보는 장오의 눈빛은 떨리고 있었다.

창대에 고정되어야 할 창날이 떨어져 덜렁거리고 있었다.

신창양가의 무사가 나지막이 말을 이었다.

"이 창날을 빼면 장삼 무사님의 칼이 더 가까웠소."

"……."

"더 중요한 것은 이 창날이 부러졌다는 점이오. 창술을 쓰는 무사의 창날이 부러졌다라……."

"……."

"그것은 할 말 없는 제 패배입니다."

말을 마친 신창양가의 무사는 장삼을 바라보며 포권했다.

그 모습에 장삼이 답했다.

"아닙니다. 좋은 승부였습니다, 대협."

"대협이라니요. 당치 않습니다."

신창약가의 무사가 손을 내젓자 장삼이 말을 이었다.

"아닙니다. 사실 정면으로 대결하기에는 제가 조금 부족했습니다."

승부가 나자, 둘 사이에 덕담이 오고 갔다.

동시에 주변에서 지켜보던 이들은 손뼉을 쳤다.

짝, 짝.

팽팽하게 당긴 끈이 한순간 풀리는 분위기.

하지만, 유일하게 고개 숙인 이가 있었다.

장오는 고개를 푹 숙이고 홍칠개와 조호가 있는 자리로 돌아갔다.

그때 뒤쪽에서 장삼이 불렀다.

"여기는 웬일이더냐? 장오야."

"내가 여기 오든 말든 무슨 상관입니까?"

버럭 소리를 지르는 장오.

하지만 장삼은 아무 말 없이 장오를 지나쳤다.

마치 아무도 없다는 듯 장오가 있는 곳에는 눈길도 주지 않았다.

장삼을 기분 나쁜 표정으로 바라보던 장오의 눈이 커졌다.

늙다리 무인으로만 생각됐던 형, 장삼이 태산처럼 느껴졌기 때문이다.

장오의 눈빛이 사정없이 떨렸다.

장오의 시선에는 아랑곳하지 않고 장삼은 홍칠개에게 다가갔다.

홍칠개에게 인사를 한 장삼은 사정을 들을 수 있었다.

장삼이 눈을 빛냈다.

"그럼 제 동생이 개방도이면서 조호에게는 육십 년을 빚졌다는 말씀입니까?"

"그렇다네, 하하."

홍칠개가 기분 좋게 웃을 때였다.

뒤쪽에서 장오가 달려와 장삼에게 매달렸다.

장삼이 홍칠개와 친분이 있다는 것을 알자, 이 상황에서 자신을 꺼내 줄 것은 형인 장삼밖에 없다는 것을 깨달은 것이다.

하지만 장삼은 장오를 쳐다보지도 않고 조호에게 물었다.

"조호야, 네가 딴 육십 년 중 딱 사흘만 빌려줄 수 있겠느냐?"

"물론이지요, 장삼 아저씨. 그런데 고작 사흘 가지고 뭐 하려고요?"

"사흘이면 동생과 작별을 나누기에는 충분한 시간이지……."

"네, 그러세요. 장삼 아저씨."

조호가 고개를 끄덕이자 장삼이 고개를 돌렸다.

"가자."

딱 한마디였지만, 장오는 말도 없이 장삼의 뒤를 따랐다.

자신을 구해 준 것이라 생각했기 때문이다.

점점 멀어져 가는 장삼과 장오를 본 홍칠개가 말했다.

"역시 끈끈한 형제의 정으로는 망나니를 잡지 못하는구나."

"과연 그럴까요? 어르신."

조호가 의미심장한 웃음을 짓자, 홍칠개가 물었다.

"떠나기 전에 잘 먹이고 잘 입히려고 데려가는 게 아니었느냐?"

"장삼 아저씨가 말한 사흘이 장오 아저씨에게는 꽤 길게 느껴질 것 같네요."

"흠."

홍칠개가 헛기침을 하며 멀어지는 장삼과 장오를 바라봤다.

조호도 웃으며 그곳을 바라봤다.

그가 웃는 이유는 무엇일까?

그곳에는 천수장에 와서 지옥과 같은 훈련을 받았던 사신대가 있었다.

밧줄에 매달려서 하루 종일 버텨야 했던 그곳.

떨어지면 뱀이 우글대는 구덩이가 기다리는 그곳.

독사는 없다고 했지만, 누군가가 실수로 독사를 집어넣어서 죽을 뻔한 적혈맹호대 대원도 있었다.

그 대원이 바로 조호고 말이다.

벗어나려고 해도 귀신과 같은 한빈 때문에 몇 번을 다시 잡혀 왔던가?

장오가 그곳에서 사흘을 지내고 나면 개방은 극락처럼 느껴질 것이라 조호는 확신할 수 있었다.

그때였다.

예상대로 멀리서 비명이 울려 퍼졌다.

악!

물론 누구의 목소리인지 모르는 이는 없었다.

조호는 시선을 돌려 연무장 주변에서 담소를 나누는 소대섭과 신창양가 무력대의 수장을 바라봤다.

둘 사이에는 전낭이 오가고 있었다.

두둑한 전낭 속 내용물은 바로 내깃돈이었다.

물론 전하는 자는 신창양가 무력대의 수장. 받는 자는 적혈맹호대의 수장인 소대섭이었다.

전낭을 받은 소대섭이 신창양가 무력대의 수장에게 말했다.

"양후돈 대주님, 이 돈은 오늘 잔치 비용으로 쓰겠습니다."

"잔치라뇨? 소대주님."

"여기에 우리 것까지 합해서 신나게 놀아 봅시다."

소대섭은 신창양가 무력대의 수장인 양후돈이 건넨 전낭에 자신의 것까지 들어 보였다.

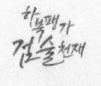

그러고는 힐끔 수하를 바라봤다.

적혈맹호대 대원 중 하나가 번개처럼 뛰어왔다.

소대섭은 수하에게 전낭 두 개를 건넸다.

수하는 고개를 숙였다.

"잠시만 기다리십시오. 대주님, 상다리가 부러지게 차려오겠습니다."

"그래, 모자라면 우리 활동비에서 써도 되니까 아끼지 말고."

"네, 알겠습니다."

포권한 수하가 사라지자, 소대섭이 웃으며 양후돈을 바라봤다.

"양후돈 대주, 잠시만 기다리시면 제법 맛나는 음식을 준비하겠습니다. 이날을 위해서인지 허허벌판이었던 마을에 제법 괜찮은 음식점이 들어섰습니다."

소대섭은 웃으며 천수장의 정문 쪽을 바라봤다.

그 모습에 여기저기서 환호성이 튀어나왔다.

"먹고 즐기자!"

"먹고 마시자!"

"팽가와 양가를 위해!"

"양가와 팽가의 번성을 위해!"

모두는 하나가 되자 잔치 분위기가 무르익었다.

신창양가의 무사들은 손님 대접을 받고 있다고 생각했다.

처음 내기를 했을 때 생겼던 승부욕은 냇물에 풀린 쌀가루처럼 희미해져 갔다.

그들은 서로 하나가 되어 대화를 나누며 친목을 다졌다.

반 시진 정도가 지났을 때였다.

끼이익.

끼이익.

수레바퀴 소리에 모두가 고개를 돌렸다.

그들이 준비한 음식이 오고 있었다.

소대섭이 보냈던 수하는 수레보다 먼저 달려왔다.

소대섭은 고개를 갸웃했다.

이렇게 음식이 빨리 도착할 수는 없었기 때문이었다.

거기에 한 가지 더 이상한 점이 있었다.

수하가 자신이 전한 전낭을 그대로 들고 있었다.

전낭을 든 수하가 포권하며 말했다.

"다녀왔습니다."

"그런데 왜 전낭이 그대로 불룩한 것이냐?"

"그것이……."

수하는 활짝 웃으며 설명을 늘어놨다.

그의 설명은 간단했다.

한빈이 미리 음식을 준비했다는 것이다.

"주군이 어찌 알고……."

소대섭은 말끝을 흐리며 주변을 두리번거렸다.

신창양가의 양후돈이 물었다.

"어딜 그렇게 보십니까?"

"아무래도 주군이 지켜보는 것 같아서 그럽니다."

말을 마친 소대섭은 전낭 하나를 양후돈에게 건넸다.

"왜 이걸 다시……."

"이건 우리 주군이 쏘는 거랍니다. 그러니 내깃돈은 필요가 없어진 것이지요."

"그래도, 내기에 졌으니……."

"그냥 넣어 두시지요. 돌아가실 때 여비로 쓰십시오."

"허허."

양후돈은 헛웃음을 지었다.

이 상황이 어찌 된 일인지 알 수 없었던 것이다.

생각해 보니 음식이 이리 빨리 준비될 리가 없었다.

그렇다면 천수장의 장주는 자신들을 위해 미리 음식을 준비해 놓은 것이 분명했다.

이런 일이 일어날 줄 알고 준비했을까?

"생불이라더니……."

양후돈은 자신도 모르게 혼잣말을 뱉었다.

소대섭이 고개를 갸웃하며 물었다.

"지금 뭐라 하셨습니까?"

"아, 아무것도 아닙니다."

양후돈이 재빨리 손을 저었다.

그때 음식을 실은 수레가 그들의 앞에 멈췄다.

끼익.

수레를 끌고 온 이들은 새로 들어선 음식점의 점소이들인 듯했다.

그들은 수레를 놓고 빠른 동작으로 상을 차리기 시작했다.

탁, 탁.

음식을 확인하던 소대섭의 눈이 커졌다.

전낭에 든 철전만으로는 사지 못할, 진귀한 음식들로 가득했다.

음식을 바라보던 소대섭의 안구에 습기가 차올랐다.

"주군……."

말끝을 흐리며 주변을 살펴 한빈을 찾는 소대섭.

어느새 다가온 조호가 소대섭의 소매를 잡아끌었다.

"주군이 우릴 보고 있으면 진작 오셨겠죠. 안 그래요? 대주님."

"그렇구나, 조호야. 우리도 이제 즐기자꾸나."

"네, 대주님."

말을 마친 조호와 소대섭이 접시를 들었다.

하지만 신창양가의 양후돈만은 고개를 갸웃하며 주변을 살폈다.

이쯤이면 얘기를 다 끝냈을 대공자가 어디에 있을지 궁금해서였다.

물론 대공자 양예신은 한빈과 함께 있었다.

그들이 있는 곳은 천수장에서 가장 높은 곳인 사신대 옆 정자였다.

연무장과는 꽤 멀리 떨어져 있지만, 양예신은 연무장의 상황을 똑똑히 볼 수 있었다.

양예신이 말했다.

"비무가 벌어질 것을 어떻게 알고 준비하셨습니까?"

"피 끓는 젊은 무사들이 만났는데, 그냥 넘어갔겠습니까? 여흥을 즐기라고 미리 준비했습니다."

"팽 공자님의 준비성은 못 따라가겠군요."

"제가 준비는 철저히 하는 편입니다."

"흠, 그런데……."

양예신은 말끝을 흐리며 한빈의 표정을 살폈다.

그의 눈빛에 한빈은 사람 좋은 얼굴로 고개를 끄덕였다.

표정을 살피면서 품속을 어루만지는 것을 보면 대충 어떤 질문을 할지 알 것 같았다.

그의 품속에는 장자명이 적어 준 처방전이 적혀 있었다.

한빈이 물었다.

"궁금하신 게 뭔가요? 양 공자님."

"처방전을 써 주시기 전에 제게 물어봤던 내용이 갑자기

떠올라서 그렇습니다."

"내용이라면……."

"영약에 대해서 물으셨죠. 하지만, 저는 그 답을 숨겼고요."

"네, 그렇습니다."

"제가 숨겼지만, 팽 공자님께서는 모든 것을 아시는 것 같다는 생각이 드는군요."

"왜 제가 양 공자가 숨기고 있는 사실을 모두 알고 있다고 생각하십니까?"

"아시니까 처방을 해 주신 게 아니겠습니까? 아까 보니 숫자를 말씀하시던데……."

"네, 알고 있는 증세이기에 장 의원과 의견을 나눈 것뿐입니다."

말을 마친 한빈은 힐끔 옆을 바라봤다.

그곳에는 장자명이 쑥스럽다는 듯 뒷머리를 긁적이고 있었다.

그 모습에 양예신이 물었다.

"실례가 안 된다면 뭘 알고 계신지 말씀해 주실 수 있습니까?"

"흠."

"죄송합니다. 제가 무리한 것을……."

"아닙니다. 다만……."

"혹시 자리를 옮길까요?"

"자리를 옮길 필요는 없습니다."

"그럼 제가 어떻게 해야 해답을 들을 수 있겠습니까?"

"뭐, 계약서에 일정 부분 대가만 추가하신다면 가능합니다."

한빈이 턱짓으로 양예신의 품속에 들어 있는 계약서를 가리켰다.

"얼마든지 값은 치르겠습니다."

"그럼 양 공자님을 믿고 말씀드리겠습니다. 다 들으시고 계약서에 대가를 추가하겠습니다."

한빈은 밝게 웃으며 양예신을 바라봤다.

사실 대가가 없어도 말해 줘야 할 사항이었다.

적이 누군지에 대해서 고민하게 하려면 필수였다.

양예신이 살짝 고개를 숙였다.

"감사합니다."

"그럼 말씀드리지요. 신창양가의 가주님께서 드신 영약이 혹시 팽가와 관련된 영약이 아닙니까?"

"어, 어떻게 그것을……."

"제게 말씀을 못 하는 이유가 그것이 본래는 하북팽가의 물건이라 생각하셔서 감추는 것이고요."

"……."

"이제부터는 그 짐을 내려놓으셔도 됩니다."

"죄송합니다. 하북팽가와 관련 있을지도 모른다고 생각했지만, 상승 무공에 대한 욕심 때문에……."

양예신은 제법 긴 변명을 늘어놓았다.

한빈은 그의 말에 귀를 기울이며 조용히 고개를 끄덕였다.

그들의 모습을 보던 장자명은 머리가 어질어질했다.

대충 상황을 들어 보니 어찌 된 일인지 알 것 같았다.

한빈과 자신이 어찌 그 증상을 그렇게 소상하게 알고 있을까?

그 이유는 신창양가의 가주가 복용한 것이 바로 장자명이 만든 가짜 청명환이기 때문이었다.

가짜 청명환 때문에 주화입마에 들고 이어서 병까지 얻었다는 사실을 양예신이 안다면?

생각만 해도 아찔한 장자명이었다.

그런데 한빈은 남의 얘기 하듯 대화를 이끌고 있었다.

표정과 몸짓 그 어느 하나도 부자연스럽지 않았다.

모든 설명을 들고 난 한빈이 말을 이었다.

"그런 일이 있었군요. 그 영약을 가져온 사람이 가문에서 사라졌던 방계 중 하나였다는 거죠?"

"네, 그렇습니다. 다시 돌아온 사람이기에 우리는 의심하지 않았습니다."

"항상 범인은 가까운 데 있는 법이죠."

"맞습니다."

"저도 무슨 일이 생기면 항상 안쪽부터 살펴봅니다."

"네, 맞습니다. 제가 말씀드릴 것은 여기까지입니다."

"이제부터는 제가 의문이 드는 부분을 풀어 드리겠습니다."

"네, 궁금합니다. 산서와 하북은 지척이라고는 하나 양가의 일은 어찌 그렇게 소상히 아셨는지요?"

"그것은 적에 대한 정보를 입수했기 때문입니다."

"정보라면……."

"중원의 무림세가를 약화시키려는 움직임이 있다는 정보입니다."

"대체 누가……."

"무림세가가 쪼그라드는 것을 원하는 자는 차고도 넘치죠. 대문파 중 하나일 수도 있고. 사파일 수도 있고……. 정체불명의 집단일 수도 있습니다."

"그중 누구라고 생각하십니까?"

"저는 얼마 전 금와 상단에서 가짜 영약을 돌렸다는 소식을 입수했었습니다."

"금와 상단이라고요?"

양예신은 놀라는 눈빛이었다.

한빈이 아무 표정 없이 말을 이었다.

"그러니 정체불명이라 하지 않았습니까?"

"금와 상단……."

양예신은 말을 맺는 대신 입술을 꽉 깨물었다.

그 모습에 한빈이 말을 덧붙였다.

"제 처방전이 맞다면 약속대로 무가지회에 참석하십시오. 그리고 아무도 믿지 마십시오. 아무도……."

"팽 공자님도 주변을 믿지 않습니까?"

"뭐, 그렇죠. 이 술잔에 독이 있다고 생각해 보십시오."

"……."

"그렇다면 저는 이 안에 범인이 있다고 생각할 것입니다."

말을 마친 한빈은 힐끔 장자명을 바라봤다.

특별한 의미가 있는 것은 아니었지만, 장자명은 움찔하며 하늘을 올려다봤다.

그때였다.

정자에서 조금 멀리 떨어진 곳에서 비명이 들려왔다.

악!

그 소리에 한빈이 말했다.

"이제 우리도 내려가 봐야겠습니다."

사천으로

한빈이 자리에서 일어나자, 양예신이 걱정스러운 눈빛으로 물었다.

"저 아래에 있는 사람은 괜찮겠습니까?"

"걱정하지 않으셔도 됩니다. 아래에 있는 뱀 중에 독을 가진 놈은 없습니다."

"아, 그렇군요."

양예신이 조용히 고개를 끄덕였다.

그 모습을 뒤에서 보던 장자명이 속으로 한숨을 삼켰다.

독사를 섞어 넣은 것은 아니지만, 산에서 내려온 독사가 저 밑에는 자연스럽게 섞여 있었다.

위에는 사신대 아래는 독사굴로 불린다는 건 적혈맹호대

라면 누구든 안다.

물론 가장 큰 피해자는 장자명이었다.

중독되면 치료해야 하는 건 그의 몫이니 말이다.

한빈과 함께 내려가던 양예신은 고개를 갸웃했다.

앞장서서 연무장으로 향하는 한빈의 모습이 어딘가 이상했기 때문이다.

'뭐가 이상하지?'

고개를 갸웃하던 양예신은 눈을 크게 떴다.

한빈의 모습에서 어색한 점을 알아낸 것이었다.

보통 경사로를 내려갈 때면 땅을 보면서 내려가는 것이 정상이었다.

그런데 한빈은 고개를 빳빳이 들고 허공을 바라보며 걸어가고 있었다.

양예신은 자신도 모르게 혼잣말을 뱉었다.

"고고한 학이라……."

실책을 깨달은 양예신은 재빨리 자신의 입을 막았다.

아무리 좋은 말이라고 해도 상대에게 실례가 될 수도 있다고 생각해서였다.

하지만 옆으로 다가온 장자명은 사람 좋은 얼굴로 웃었다.

"그냥 크게 말씀하셔도 됩니다."

"아, 장 의원님."

"뭐, 좋은 말은 크게 말씀하셔도 됩니다. 그리고 저러실 때

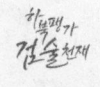

면 얼마나 집중하시는지 주변 소리를 잘 못 들으시더라고요."

"아, 가끔 저러시는군요."

"암요, 항상 저러십니다."

장자명은 한빈을 가리켰다.

양예신의 눈빛에서 살짝 부러움이 일었다.

한빈의 모습은 누가 봐도 득도한 도인의 모습이었다.

당장에 후광이 비쳐도 이상하지 않을 정도였다.

물론 한빈이 보고 있는 것은 허공이 아니었다.

득도한 것도 아니고 말이다.

한빈은 입맛을 다시며 글귀를 확인하고 있었다.

[오호단문도에 대한 이해도가 증가했습니다.]

[오호단문도의 깨달음까지 삼 할 남았습니다.]

[마지막 남은 깨달음에 대한 보충 설명이 이어집니다. 오호단문도를
완벽하게 이해하기 위해서는 나무가 아닌 숲을 봐야 합니다.]

방금 깨달음은 신창양가와 장삼의 대결에서 깨달은 것이다.

사람을 통해서 깨달아야 한다고 해서 구결만 생각했는데,
뜻밖에 지금의 대결에서 오호단문도의 이해도를 높일 수 있
었다.

이제 삼 할이 남았다.

그런데 숲을 봐야 한다는 말은 잘 해석이 안 되었다.

한빈은 아쉬움에 입맛을 다시고 있는 것이었다.

삼 일 후.
양예신과 그 일행은 천수장을 떠나기 위해 짐을 꾸렸다.
정문으로 향하는 그들의 발걸음은 가벼웠다.
올 때와 달라진 것은 마음뿐은 아니었다.
그들이 가져온 마차도 보이지 않았다.
마차 안에 있는 황금과 영약은 한빈에게 주고 왔다.
하지만 묘하게 불안함은 없었다.
그만큼 한빈에 대한 믿음은 굳건했다.
한빈에게 받은 것은 처방전뿐이 아니었다.
그의 고귀한 마음과······.
양예신은 귓가에 들려오는 한숨 소리에 상념을 멈추었다.
고개를 돌려 보니 장자명이 땅이 꺼져라 한숨을 내쉬고 있
었다.
양예신은 다급하게 그에게 물었다.
"무슨 일이십니까? 장 의원님."
"아, 아무것도 아닙니다."
"안색이 불편하신데요."
"괜찮습니다. 산서까지 가려니 긴장돼서 그런 듯합니다."

"그럼 다행이고요. 그나저나 팽 공자님 곁을 비우셔도 괜찮으신 겁니까?"

"괜찮으니까 저를 보낸 게 아니겠습니까?"

"그리 생각해 주시니 감사합니다, 장 의원님."

양예신은 정중히 포권하며 마지막 점검을 위해 양후돈에게 걸어갔다.

뒤에서 그 모습을 보던 장자명은 다시 한숨을 내쉬었다.

그가 이리 한숨을 쉬는 이유는 간단했다.

한빈이 신창양가와 동행하라 지시했기 때문이었다.

가짜 청명환을 만든 것이 장자명이니, 뿌린 씨는 직접 확인하고 거두라는 것이 한빈의 의도였다.

하지만 장자명은 그 의도에 조금도 동의할 수 없었다.

한빈이 자신을 신창양가에 딸려 보낸 것은 순전히 돈에 눈이 멀어서라 판단했다.

그도 그럴 것이 신창양가가 계약서에 적힌 내용 이외에 마차 가득 가져온 황금까지 모두 한빈에게 내놓고 간 후 내린 지시였기 때문이었다.

장자명은 정말 죽을 맛이었다.

사실 한빈과 동행해서 신창양가의 가주를 치료한다면 이리 심란하지는 않을 것이었다.

그런데 잘못해서 변수라도 생긴다면?

자신은 대응할 방법이 없었다.

장자명의 처지에서 신창양가는 단순한 무림세가가 아닌 적진처럼 보였다.

물론 그것은 찔리는 것이 있기 때문이었다.

자꾸 떠오르는 생각에 장자명은 다시 혼잣말을 늘어놨다.

"휴, 아무리 돈에 눈이 멀어도 그렇지……."

장자명은 말을 잇지 못했다.

누군가 그의 어깨를 톡톡 쳤기 때문이다.

장자명은 귀찮다는 듯 고개를 돌렸다.

양예신이 있을 거라 생각한 장자명의 눈이 커졌다.

그곳에는 한빈이 빙긋 웃고 있었다.

"장 의원님, 안 좋은 일이라도 있습니까?"

"사, 사 공자님."

"안색이 안 좋아 보이네요. 먼 길 떠나시니 관리를 잘하셔야 하는데……. 어쩌나?"

"저, 저는 괜찮습니다. 사 공자님."

장자명은 재빨리 뒷걸음쳤다.

그 모습에 한빈이 씩 웃으며 품 안에 손을 넣었다.

장자명은 자신도 모르게 눈을 찔끔 감았다.

단순하게 생각해도 좋은 물건이 나오지는 않을 것이라 생각했기 때문이다.

분명 추가 계약서가 아니라면 노비 계약서가 확실했다.

그때 한빈의 목소리가 들려왔다.

"장 의원님, 왜 그러십니까?"

장자명은 눈을 살짝 떴다.

실눈을 뜨고 앞을 바라보자 장자명의 예상대로 계약서로 보이는 종이가 있었다.

살랑살랑 흔드는 것이, 마치 자신을 약 올리는 것만 같았다.

장자명은 기운 빠진 목소리로 물었다.

"이게 뭡니까?"

"딱 봐도 문서 아닌가요?"

"문서인 줄은 저도 알죠. 저는 추가 계약서인지 노비 문서인지를 묻는 겁니다."

"무슨 계약서요?"

"아, 아닙니까?"

"천수장 아래에서 진료 보시는 의원 있잖습니까?"

"거기에 왜요?"

장자명은 고개를 갸웃했다.

제법 넓은 점포를 내주어서 사람들을 진료하는 곳이었다.

그 정도 전각만 있다면 평생 먹고살 수 있는 그런 점포였다.

물론 임시로 내준 의원이기에 언제 없어져도 이상하지 않은 점포였다.

그런데 왜 갑자기 그곳 얘기를 꺼낸다는 말인가?

혹시 신창양가의 임무가 위험하기에 후임자를 구하라는

이야기인가?

장자명이 눈을 가늘게 뜨자 한빈은 문서를 펼쳤다.

촤르륵.

문서를 펼치자 내용이 장자명의 눈에 들어왔다.

"아."

내용을 확인한 장자명이 뱉을 수 있는 것은 탄성밖에 없었다.

그도 그럴 것이 문서는 다름 아닌 집문서였기 때문이다.

그것도 자신이 일하던 의원 건물의 권리 문서였다.

긴 탄성의 끝에 장자명이 말했다.

"사 공자님, 이걸 왜 저에게 보여 주시는 겁니까?"

"다녀오면, 장 의원 겁니다. 그러니 잘 다녀오세요."

"헉."

"그리고 신창양가의 가주님이 쾌차하시면 사천당가로 같이 오시면 됩니다."

"그럼요. 당연히 그래야죠. 사 공자님."

"그럼 살펴 가시고요."

"고, 공자님."

"저는 그만 가 보겠습니다."

말을 마친 한빈은 낙엽 밟는 소리만 남기고 자리에서 사라졌다.

그때 뒤쪽에서 다가온 양예신이 말했다.

"신기한 보법이군요."

"네, 신기한 보법과 신기한 마음을 가진 분입니다. 우리 공자님은요."

장자명은 자신이 말하고도 깜짝 놀랐다.

우리 공자님이란 말을 천수장에 와서 처음 썼기 때문이다.

장자명의 표정을 본 양예신이 말했다.

"장 의원님은 팽 공자님은 정말 좋아하시나 봅니다, 하하."

"……."

하지만 장자명은 답하지 못했다.

지금 상황이 좋긴 했지만, 이제까지의 관계를 쭉 돌이켜 보면 섣불리 답할 수는 없었기 때문이다.

긴 침묵 끝에 장자명이 조용히 고개를 끄덕였다.

이것은 진심이었다.

잘 생각해 보니 칼을 품고 온 자신을 포용한 것은 한빈이었다.

거기에 독에만 조예가 깊었던 자신을 이렇게 사람을 치료하는 의원으로 만들어 준 것도 한빈이었다.

강호에서 살아갈 수 있게끔 생존본능을 일깨워 준 것도 한빈이었다.

그리고 가장 중요한, 건물을 사 준 것도 한빈이었다.

장자명이 감상에 빠져 있을 때 양예신이 말했다.

"마차에 오르시죠, 장 의원님."

"네?"

"장 의원님은 무림인이 아니시지 않습니까? 신창양가까지 편하게 모시겠습니다."

"아."

장자명은 탄성을 질렀다.

그 탄성은 정문을 나간 신창양가의 무사들과 마차가 점점 이 되어 갈 때까지 흘러나왔다.

보름 후.

한빈 일행도 사천을 향해 출발하기 위해 천수장을 나왔다.

천수장을 나온 한빈 일행은 생각보다 단출했다.

한빈을 수행하는 적혈맹호대는 소대섭과 장삼, 조호 이렇게 셋밖에 없었다.

그리고 두 명의 시녀, 즉 설화와 청화가 한빈을 수행하기로 했다.

나머지 대원은 심미호가 맡아서 한빈의 특별 지시를 수행하기로 했다.

서재오는 철노, 검오와 함께 천수장을 지키기로 했다.

달그락.

한빈을 태운 마차가 천수장에서 점점 멀어지고 있었다.

그 마차에는 설화와 청화도 같이 타고 있었다.

마차 밖으로 고개를 내민 한빈이 장삼을 바라봤다.

장삼은 속세의 번뇌를 모두 털어 낸 듯 보였다.

뭐, 조금 과장을 보탠다면 십 년은 젊어진 듯한 모습이었다.

한빈이 물었다.

"동생은 잘 보냈어? 장삼."

"물론이죠."

"잘됐네."

"주군, 감사합니다."

"뭘 감사해?"

"우리 장오를 정신 차리게 해 준 게 주군이라고 들었습니다."

"내가 한 게 뭐가 있다고 그래."

"무제자 어르신께 다 들었습니다. 잘 돌봐 달라고 편지까지 남기셨다고……."

"아니야. 나는 빡세게 굴려서 사람 만들어 달라고 부탁한 것밖에는 없어."

"그게 잘 돌봐 주는 것이죠. 사실 우리 집에서는 장오가 막내라서 아무래 개판을 쳐도 그냥 놔뒀습니다. 진작 저라도 나서서 사람을 만들었어야 했는데요."

"그런데 괜찮겠어?"

"뭐 말입니까? 주군."

"동생이 강호에 발을 들였잖아."

"개차반 왈패보다는 강호에서 한 송이 붉은 꽃으로 산화하는 것이 훨씬 보람 있다고 생각합니다. 주군."

"그래, 그렇게 생각하면 다행이고. 그리고 말이다."

"네, 주군."

"괜히 장렬히 산화한다든지 그런 말은 쓰지 마. 말이 씨가 된다고!"

"……."

"개똥밭에 굴러도 이승이 최고야. 멋있게 죽을 생각 하지 말고 엎드려서라도 살아야 해. 그게 내가 내리는 명이야."

"하하, 알겠습니다. 주군."

"그래, 내가 한 번 죽어 봐서 알아. 그러니까 명심해."

"하하."

장삼은 실없이 웃었다.

한빈이 자신에게 농을 던진 것이 처음이었기 때문이다.

한빈은 할 말은 다 했다는 듯 조용히 고개를 돌려 허공을 바라봤다.

한빈이 떠난 후 세 시진이 지난 천수장 근처.

누군가 천수장을 향해 다급하게 말을 몰고 있었다.

따다닥, 따가닥.

지축을 울리는 말발굽 소리와 함께 황색 먼지를 몰고 오는 한 무리의 무사.

천수장 아래의 저잣거리 사람들은 움찔하며 뒤로 물러서기 바빴다.

하지만 말을 탄 무사는 겁먹은 사람들에 아랑곳하지 않고 말고삐를 더욱 틀어쥐었다.

따가닥, 따가닥.

다급히 울리던 말발굽 소리는 천수장의 정문 앞에서 멈췄다.

그중 우두머리로 보이는 이는 다급하게 말에서 내려 정문으로 달려갔다.

하지만 경비 무사도 없는 정문은 썰렁했다.

그때 뒤쪽에서 누군가 달려오더니 우두머리에게 다가갔다.

달려오는 무사의 등에는 깃발이 꽂혀 있었다.

그 깃발에는 사천당가를 나타내는 문양과 문구가 적혀 있었다.

무사가 우두머리에게 포권했다.

우두머리는 물론 당기명이었다.

"당 공자님, 천수장의 장주는 몇 시진 전 마을을 떠났답

니다."

"뭐라고?"

순간 당기명의 눈이 한계까지 커졌다.

놀람도 잠시, 당기명은 재빨리 천수장의 정문으로 달려갔
다.

정문 앞에 선 당기명은 기척을 살피기 위해 살짝 눈을 감
았다.

하지만 안쪽에서 느껴지는 기척은 조금도 없었다.

당기명의 입술 사이로 안타까움의 탄성이 흘러나왔다.

"음."

안타까운 시선으로 굳게 닫힌 천수장의 문을 살피던 당기
명이 짜증 섞인 목소리로 말을 이었다.

"아 쓰……. 그 자식만 아니었다면……."

"누구 말씀입니까?"

수하가 묻자 당기명은 목소리를 살짝 높였다.

"지금 몰라서 물어? 양가 놈 말고 또 누가 있어?"

"아, 신창양가의 대공자 말씀이시군요."

"무슨 신창이야, 견창(犬槍)도 과분하지."

"아무리 그래도 그리 말씀하시면……."

"당 호위, 지금 날 놀리는 거지?"

당기명은 눈을 가늘게 뜨고 수하를 바라봤다.

수하의 이름은 당독대. 당가의 방계로 수년간 당기명을 보

필해 온 호위였다.

당기명의 성질을 아는 당독대는 재빨리 손을 내저었다.

"아닙니다. 제가 왜 공자님을 놀리겠습니까?"

"내가 보름이나 헤매고 다닌 게 누구 때문인데 그래? 그때 그놈이 내가 찾는 의원이 산서에 있다고 거짓말만 하지 않았어도……."

당기명은 입술을 앙다물었다.

천수장의 정문처럼 닫힌 입술 사이로는 쌔근거리는 숨소리가 간헐적으로 튀어나왔다.

당기명이 흥분하고 있는 이유는 간단했다.

당기명은 양예신과 헤어지기 전, 의원에 대한 정보를 얻었다.

그런데 그 정보는 불완전한 정보였다.

물론 불완전한 정보를 받을 수밖에 없었다. 당기명이 자신이 처한 상황에 대해서는 쏙 빼고 말했기 때문이었다.

덕분에 당기명은 양예신이 소개해 준 황궁 출신 의원을 찾아 삼백 리 길을 돌아오는 길이었다.

중간에 개방의 하남 분타주를 만나지 않았다면 영영 이곳을 찾지 못했을 수도 있었다.

그나마 다행인 것은 하남 분타주에게 받은 정보가 꽤 구체적이었다는 것이었다.

황금 한 냥이 아깝지 않은 정보였다.

물론 당기명이 만난 하남 분타주는 광개였다.

당기명은 분에 못 이겨 천수장의 정문을 두드리기 시작했다.

쿵, 쿵.

어찌나 크게 울렸는지 뒷산의 산새들이 다급히 날갯짓했다.

푸드덕.

한참을 두드리던 당기명은 동작을 멈추고 수하를 바라봤다.

"그래서, 천수장 장주의 목적지는 알아냈느냐?"

"저 아래 상인들에게 물어봤지만, 모른다고 합니다. 거기에 자신들을 치료해 주던 의원도 신창양가와 함께 떠났다고 합니다."

"아, 완전히 계획적이군. 계획적이야. 그 새끼는 다시 만나면 목을 뽀사 버린다."

묘하게 오해까지 생겨 버린 상황.

당독대는 황급하게 당기명을 말렸다.

"공자님, 그렇게 흥분하실 필요는 없을⋯⋯."

"내가 흥분 안 하게 생겼어? 가문의 흥망성쇠가 달린 일이라고!"

"일단 차분히⋯⋯."

수하는 말을 맺지 못했다.

당기명이 성큼성큼 담장 쪽으로 걸어갔기 때문이다.

수하는 다급히 뛰어갔다.

수하의 눈에 당기명은 모닥불 앞에 굴러다니는 벽력탄과도 같았다.

언제 터질지 모르는 데다 터져도 혼자 죽지 않는 벽력탄 말이다.

당독대는 다급히 당기명의 소매를 잡았다.

"잠시만 기다리시지요, 공자님."

"일단 장주가 어디로 떠났는지 알아봐야겠어."

"그렇다고 월담을 하시면 어떻게 합니까? 주인도 없는 것 같은데요."

"그럼 가만히 있어?"

말을 마친 당기명은 당독대의 손을 뿌리치고 담장을 훌쩍 뛰어넘었다.

휘릭.

천수장의 담장이 높기는 해도 당기명에게는 아무런 장애도 되지 않았다.

공중에 떠오른 순간에 눈에 들어온 전각의 위치를 모두 머릿속에 넣은 당기명은 어디서부터 조사를 해야 할지를 정리했다.

이 모든 것이 바닥에 착지하기 전까지 이루어졌다.

이렇게 비상한 머리는 사천당가 사람들의 특징이었다.

하지만 당기명이 생각 못 한 것이 하나 있었다.

획.

바람을 가르는 소리와 함께 목에 싸늘한 기운이 느껴졌다.

한기를 품은 쇠붙이의 느낌.

암기를 다루는 사천당문이기에 더욱 잘 알 수 있는 느낌이었다.

당기명은 조심스럽게 고개를 돌렸다.

한 사내가 당기명의 목덜미에 검을 겨누고 있었다.

당기명은 사내의 얼굴을 살폈다.

사내의 표정에는 어떤 감정도 없었다.

굳이 찾자면 사내의 얼굴에는 귀찮다는 기색만 있을 뿐이었다.

거기에 자신을 넘어선 고수.

사내의 의도가 뭔지 중요하지는 않았다.

남의 집 담을 넘었다는 것은, 여기에서 목이 달아나도 관계없다는 뜻이니 말이다.

그때 사내가 무미건조한 목소리로 말했다.

"무슨 용건이지?"

"……."

당기명은 사내를 바라보며 아무 말도 하지 않았다.

지금은 정답을 말해야 살아남을 수 있다고 생각해서였다.

그것은 무인으로서의 본능이었다.

잠시 머리를 굴리던 당기명이 조심스럽게 입을 열었다.

"장주님을 뵈러 왔습니다."

"왜?"

사내는 차갑게 물었다.

짧은 물음이었지만, 그리 간단하지는 않았다.

이제부터 본론이라는 것을 당기명은 알기 때문이다.

깊은 고민을 하던 당기명이 입을 열었다.

"환자가 있습니다."

"돌아가라."

"이곳에 장주님이 안 계시다는 건 알고 있습니다. 하지만, 어디로 가셨는지만이라도 알았으면 합니다."

"천수장에 공짜는 없다."

"그게 무슨 말씀이신지요?"

"……라고 우리 사 공자가 얘기했지."

말을 마친 사내는 검을 당기명의 목덜미에서 거뒀다.

하지만 목덜미에서 거뒀을 뿐이지, 마음만 먹으면 당장 목을 벨 수 있는 거리에서 검을 멈췄을 뿐이었다.

완벽하게 경계심을 늦춘 것은 아니었다.

당기명은 그제야 고개를 돌려 주변을 바라볼 수 없었다. 그는 지금 사내가 한 말이 무엇인지 감이 잡히지 않았다.

정문 바로 옆에 서 있던 것으로 보아 사내는 경비 무사가 분명했다.

경비 무사의 경지가 어찌……

생각을 이어 나가던 당기명의 눈빛이 살짝 떨렸다.

검을 잡은 사내의 소매에 새겨진 매화 문양을 봤기 때문이다.

당기명이 조심스럽게 물었다.

"혹시 화산과 무슨 관계가 있습니까?"

"그걸 내가 말해 줘야 하나?"

"그것도 대가가 필요한 겁니까?"

"물론이지."

말을 마친 사내는 검을 완전히 거두었다.

물론 사내의 정체는 서재오였다.

서재오는 한가롭게 낮잠을 즐기는 중이었다.

천수장에 들어오고 처음으로 맛보는 휴식이었다.

그런데 불청객이 그 휴식을 방해한 것이었다.

서재오가 하필이면 정문 뒤에서 휴식을 즐기는 데도 이유가 있었다.

그것은 아래쪽 상인들의 민원을 받아 주기 위해서였다.

서재오는 지금 천수장 근처 마을의 재건에 진심이었다.

아마 당기명이 문을 두드리지 않고 목소리를 높여 자신을 불렀다면 서재오는 문을 열었을 것이었다.

상인들은 그를 매화검협이라 부르며 의지하니 말이다.

자신을 부르지 않고 문을 두드렸다는 것은 상대가 불청객이라는 뜻이었다.

그것도 잠시 서재오는 눈을 살짝 감았다가 떴다.

자신의 행동이 묘하게 누군가와 비슷하다고 느꼈기 때문이다.

물론 그것은 한빈이었다.

서재오는 한빈을 떠올리고 피식 웃었다.

'미운 정이 들었나 보네.'

피식 웃는 서재오와는 달리, 당기명의 눈빛은 더욱 떨렸다.

상대가 무엇을 원하는지를 몰라서였다.

당기명은 조심스러웠다.

상대와 싸우고 싶어도 승패를 장담할 수 없었고, 싸워서 이긴다고 해서 원하는 것을 얻을 수 없다는 것을 알기 때문이었다.

당기명이 태어나서 이렇게 화를 누른 것이 몇 번이나 될까?

기필코 한 번도 없었다.

당기명은 감정을 억누르고 물었다.

"무엇을 원하십니까?"

"그야 당연히……."

서재오는 살짝 말끝을 흐리며 검지와 엄지를 말아 쥐었다.

당기명의 눈이 가늘게 떴다.

그것은 설마 돈이겠냐는 의문이었다.

당기명은 상대의 소매에 빽빽하게 들어서 있는 매화 문양

의 의미를 알았다.

그것은 매화검수.

수놓아진 매화의 양으로 봐서는 중수 이상이 분명했다.

화산파가 돈을 밝히는 것은 사실이지만, 도가인 만큼 대놓고 요구하지는 않는다.

혹시 가짜 매화검수일까?

이것은 타당한 의심이었다.

요즘 들어 대문파를 사칭하는 자들이 많다는 소문이 있었으니 말이다.

하지만 상대의 기세를 보면 매화검수가 맞긴 맞는 것 같았다.

당기명은 혹시나 하고 품속에서 전낭을 뒤졌다.

초인적인 감각으로 황금 한 냥을 찾아 꺼냈다.

"이거 말씀입니까?"

"던져."

휙.

한 냥짜리 금화를 받은 상대가 말했다.

"화산파의 매화검수 서재오. 그게 내 이름이네."

말투가 살짝 누그러졌다.

반대로 당기명의 눈은 커졌다.

사천과 서안은 그리 멀지 않았다.

얼마 안 되는 매화검수의 이름을 모를 리가 없었다.

"헉, 서재오 대협이시군요. 명성은 많이 들었습니다. 그런
데 화산파의 매화검수가 대체 이곳에는 왜…….

"질문을 하려면 대가가 필요하지."

서재오는 당기명이 전낭을 꺼낸 곳을 가리켰다.

당기명은 상황이 잘못되어 가고 있다는 것을 깨달았다.

갑자기 산을 넘는 떡장수의 이야기가 생각나는 것은 왜일
까?

'떡 하나 주면 안 잡아먹지.' 하는 호랑이에게 떡을 주다가
끝내는 자신의 팔까지 바쳐야 했던 비운의 떡장수 이야기 말
이다.

그때였다.

뒤쪽에서 묘한 냄새가 흘러나왔다.

마치 몇 년은 씻지 않은 거지에게서나 날 것 같은 악취였다.

당기명은 힐끔 뒤를 돌아봤다.

그곳에는 백색 무복의 노인이 팔짱을 끼고 걸어오고 있었
다.

악취와는 어울리지 않는 깔끔한 복장이었다.

그는 당기명에 아랑곳하지 않고 쓱 지나쳐서는 서재오의
앞으로 다가갔다.

"자네, 오늘따라 장난이 지나치군. 왜 내 제자 흉내를 내고
그러나."

서재오가 재빨리 포권했다.

"오셨습니까? 무제자 어르신. 제가 언제 사 공자 흉내를 냈다고 그러십니까?"

"지금 보니까 하는 짓이 똑같은데……."

"하하, 전혀 아닙니다."

서재오는 재빨리 손을 내저었다.

"그런데, 저자는 대체 누군가?"

홍칠개는 그제야 턱짓으로 당기명을 가리켰다.

당기명은 갑자기 머리가 아득해졌다.

홍칠개라면 모를 수가 없는 인물이었다.

무림명숙이자 배분으로 치면 당기명의 할아버지, 즉 태상 가주와 친구였다.

그런데 왜 저런 사람이 이곳에 있단 말인가?

의원을 찾아서 천수장에 왔더니, 개방에 화산파라?

머리가 비상하기로 소문난 사천당가에서도 머리만큼은 뒤지지 않는다고 자신하는 당기명이었지만, 지금 상황만큼은 의문이 풀리지 않았다.

그때였다.

누군가 대문을 두드렸다.

쿵, 쿵.

이어서 문 너머에서 중후한 목소리가 들렸다.

"나, 황보만청이네. 어서 문을 열어 주게."

그 목소리에 서재오는 조용히 문 쪽으로 걸어갔다.

당기명은 자신도 모르게 물었다.

"왜 저는 안 열어 주신 겁니까?"

"불렀으면 열어 줬을거야."

시큰둥하게 답한 서재오는 천수장의 문을 활짝 열었다.

문이 열리자 그곳에는 거대한 검을 등에 짊어진 황보만청이 있었다.

천수장으로 들어온 황보만청은 홍칠개에게 다가가 인사를 했다.

정겹게 인사가 오가는 동안 문 너머에서는 사천당가의 무사들이 무슨 일인지 모르겠다는 듯 머뭇거리고 있었다.

물론 당기명도 마찬가지였다.

그것도 잠시 당기명은 주먹을 불끈 쥐었다.

개방과 화산파도 모자라 황보세가의 가주까지 이곳에 왔다는 것은?

이곳의 장주가 자신이 찾는 자라는 증거라 생각했다.

❧

같은 시각, 중천에 뜬 해는 한빈이 탄 마차를 비추고 있었다.

마차 안팎의 모습은 평화로웠다.

누가 보면 마실 나온 부잣집 도련님의 행차로 착각할 정도

였다.

마차 안에서 팔짱을 끼고 잠든 듯 눈을 감고 있던 한빈의 모습도 결전을 앞둔 무사라는 생각은 조금도 들지 않았다.

그때 한빈이 눈을 뜨고는 고개를 갸웃했다.

마주 보고 있던 설화가 호기심 가득한 눈으로 물었다.

"왜 그래요, 공자님?"

"누가 내 얘기 하나 봐, 귀가 간지럽네."

"공자님 얘기를 할 사람이 어디 있어요? 헤헤, 착각일 거예요."

설화의 웃음에 한빈은 손을 내저었다.

"내 느낌은 틀릴 때가 없는데……."

"그건 인정이에요. 공자님! 그런데……."

설화는 한빈의 옆을 바라봤다.

한빈의 옆자리에는 검은색 상자가 덩그러니 자리를 잡고 있었다.

그 상자 위에는 부러진 검이 놓여 있었고 말이다.

설화는 천수장을 떠나면서 계속 궁금했다.

하지만, 왠지 물어볼 수가 없었다.

다음 권으로 이어집니다

KB062330

로크미디어가
유혹하는
재미있는 세상

ROK
MEDIA
로크미디어